BBC
DOCTOR WHO

Martha in the Mirror

镜中玛莎

［英］贾斯廷·理查兹 / 著
道　尔 / 译

新 星 出 版 社　NEW STAR PRESS

DOCTOR WHO: Martha in the Mirror by Justin Richards
Copyright © 2008 Justin Richards
First published as Doctor Who: Martha in the Mirror by BBC Books, an imprint of Ebury, Ebury Publishing is part of the Penguin Random House group of companies. Doctor Who is a BBC Wales production for BBC One. Executive producers, Chris Chibnall, Matt Strevens and Sam Hoyle. BBC, DOCTOR WHO and TARDIS (word marks, logos and devices) are trademarks of the British Broadcast Corporation and are used under licence.
This edition arranged with Ebury Publishing
through Big Apple Agency, Inc., Labuan, Malaysia.
Martha in the Mirror Chinese edition copyright:
2021 Chengdu Eight Light Minutes Culture Communication Co., Ltd.
All rights reserved.
The Cover is produced by Woodlands Books Ltd.
著作版权合同登记号：01-2020-0119

图书在版编目（CIP）数据

镜中玛莎 /（英）贾斯廷·理查兹著；道尔译. ——北京：新星出版社，2021.8
（神秘博士）
ISBN 978-7-5133-4534-7

Ⅰ. ①镜… Ⅱ. ①贾… ②道… Ⅲ. ①幻想小说-英国-现代 Ⅳ. ①I561.45
中国版本图书馆CIP数据核字(2021)第110560号

镜中玛莎

[英] 贾斯廷·理查兹 著；道尔 译

责任编辑： 杨 猛
特约编辑： 康丽津 姚 雪
责任印制： 李珊珊

出版发行：	新星出版社
出 版 人：	马汝军
社　　址：	北京市西城区车公庄大街丙3号楼 100044
网　　址：	www.newstarpress.com
电　　话：	010-88310888
传　　真：	010-65270449
法律顾问：	北京市岳成律师事务所

读者服务： 010-88310811　service@newstarpress.com
邮购地址： 北京市西城区车公庄大街丙3号楼 100044

印　　刷：	北京华联印刷有限公司
开　　本：	910mm×1230mm　1/32
印　　张：	7
字　　数：	110千字
版　　次：	2021年8月第一版　2021年8月第一次印刷
书　　号：	ISBN 978-7-5133-4534-7
定　　价：	42.00元

版权专有，侵权必究；如有质量问题，请与印刷厂联系更换。

献给调皮的同胞兄弟克里斯

序　幕

我是镜中之人。

在这一百年的时间里，我见证了历史的发展和命运的沉浮，也见证了生命得到救赎或永远沉寂。我曾开怀大笑，也曾痛哭流涕，但从未想过重返生者的世界——直到现在。

一切都始于那个男人看向镜子的那一天。

城堡里有一个小姑娘在四处游荡。

她叫嘉娜，个子很小，一头金发，十二岁左右。她是厨房里匆匆一瞥的人影，走廊上一闪而过的身影，壁龛中默默隐藏的阴影。不过，她并不是鬼魂，而是一个四处乞食的小姑娘，完全依靠他人的施舍来维生。除此之外，死去的姐姐让她备受煎熬。

嘉娜看见波尔和波特抬着一只箱子从大门走进来，穿过了庭院。她十分好奇里面装的是什么，便沿着城垛一路小跑，不让它们离开自己的视线。她跑下瞭望塔的螺旋楼梯，正好听到波尔在抱怨安装在身上的最新版软件补丁，波特则让它赶紧闭嘴，再加把劲儿。

嘉娜尾随它们来到主厅，躲进了铺着褪色天鹅绒布的长桌底下。这里是她最喜欢的藏身之处。她舒展身体，手肘架在石板地面上，双手捧着脸，透过低垂的布帘观察外面的一举一动。

箱子里装的是一面镜子，比波尔的个头还高，比波特的身体还宽。它们费了九牛二虎之力才把镜子固定在墙上。镜子底部离地面只有一点距离，顶部则比旁边裂开的木头壁板还要高。要知道，嘉娜伸直胳膊跳起来才够得着那块壁板。

波尔拿着抹布将整面镜子擦了一遍，波特则检查着华丽的镀金镜框。然后，它们站在镜子前观赏起来。

"做工真是精致，波尔。"波特说。

"没错，波特。"波尔附和道，"镜子做得很逼真，看着就像有些年头似的。"

嘉娜觉得镜子看起来相当古老。

"不过，真的那面镜子确实有一定的年头了。"波特说。

"那是当然。"波尔同意道，"我们最好去通知大人镜子已经到位了。"

"在那之前，我们最好先休息一会儿。"波特说，"搬完这一趟，我的关节都僵硬了，那只箱子绝对有一吨重。"

"那是当然，我们先去休息。"波尔转过身，迈着大步离开主厅，"要是你的关节不行了，那再看看我的……"它的声音愈来愈远。

嘉娜正打算从桌子底下爬出来,好好看一眼那面看似古老的镜子,却发现有人走了进来。她只好悄悄藏了回去,确保自己不被别人发现。

那个男人停在波尔刚刚站过的地方,望着镜子满意地点了点头。他的镜像也微笑着点了点头。

从躲藏的位置望去,嘉娜可以看到那个男人的表情。他看了看镜框,又敲了敲镜面的玻璃,笑容慢慢褪去,眉头皱了起来。

"不对劲。"男人小声地说,声音轻得只有嘉娜能听见。

不过,她并没有听他说话,而是注视着那张眉头紧锁的脸。

那个男人把双手背在身后,盯着镜中的自己。他歪了歪头,他的镜像也照做了。他又朝前走近一步,他的镜像也上前一步。然后,他将双手交握在身前,松了口气。

接着,那个男人皱着眉抬起一只手,好奇地伸向镜面。

他的镜像也抬起一只手,可手里却多了一把枪。

镜子里的男人露出微笑,镜子外的男人则吓得后退一步。

伴随着回荡在主厅里的枪响,嘉娜紧紧捂住自己的嘴巴,缩进了桌底深处的黑暗中。

玻璃子弹穿透了心脏。那个男人倒在地上,脸正好对着嘉娜的方向,瞪大的双眼毫无生气。在他身后,他的镜像看着这一切,嘴角勾起一丝微笑,穿过镜子踏进了房间。

1

死去的姐姐正在跟着嘉娜。

她可以听见回荡在走廊上的脚步声,在火光的映照下,还可以瞥见投在墙上变了形的影子。姐姐正轻声呼唤着她的名字:"嘉娜,嘉娜,嘉娜……"

没有哪儿是绝对安全的,因为姐姐熟知这里的一切藏身之处和隐蔽角落。

"够了!"她对走廊尽头的阴影喊道,"我知道自己才是应该死掉的那个,可我无法改变过去,对不起。如果可以重来一次,我一定不会那样做了。"她跪了下来,"我很抱歉,非常抱歉。"

一阵微风拂过嘉娜的头发,火光似乎也跟着摇曳起来。可是,墙上的火把不可能晃动,因为那并不是真火。这座城堡里的所有东西都是由核聚变发动机供能的。

城堡深处怎么会有风?嘉娜跪在地上,好奇地四处张望。风越来越大,将她的头发吹到了脏兮兮的苍白小脸上。接着,一阵忽大忽小的噪音在石壁间回响,听起来像是某种刺耳的摩擦声。

紧接着,墙壁和地面都笼罩在蓝色的光芒中。噪音不断变大,离她最近的那个壁龛中的阴影也越来越深。

"停下来!"嘉娜生气地大喊道,"快住手,我说了我很抱歉!"

然后,一切真的停了下来。风静了,光灭了,噪音也消失了。

取而代之的是一个巨大的蓝盒子,它坚实地立在壁龛中。嘉娜站起来退到阴影里,看见蓝盒子的门打开,一个男人从里面走了出来。

那个男人又高又瘦,头发乱糟糟的,充满好奇的眼睛睁得大大的。嘉娜虽然藏在阴影里,但还是被他一眼发现。

"你好!"男人语调欢快地说,"你叫什么名字?"他说着,向嘉娜跨出一步。

在他身后,一个女人也踏出了蓝盒子,脸被他的肩膀挡住了。

嘉娜转身就跑,没有多作停留。她感觉姐姐的鬼魂又在身后追着自己。

"这里看上去可不像这个星系里最棒的主题乐园,"玛莎说,"更像是潮湿阴暗的隧道,"她嗅了嗅,"而且还很难闻。"

"这里并不潮湿。"博士把双手插进裤兜,闻了一下空气,"好吧,至少没那么潮,闻起来也不是很糟糕。"他环视四周,"不过,这里的确很暗,仿佛黑夜正在渐渐逼近。"

"所以,说真的,我们到底在哪儿?"

"说真的?我们位于塔迪斯外面,在一条不太好闻、没那么潮湿的阴暗隧道里,至少我是这么认为的。可惜那个小姑娘跑走了,我们本来可以问她的。"

"什么小姑娘?"

"她刚刚还在这儿,然后被你吓跑了。"

玛莎的眼睛瞪得溜圆,"明明是你吓跑的,我连看都没看到她。"

博士并没有听她说话。他把塔迪斯的门带上,沿着昏暗的隧道大步向前走去。"也许我们来得有点早,"他说,"这里可能还没开放。"

博士犹豫地在岔路口停下来,伸出一只手指左右摆动,"点兵点将……"接着,他拐进左边的通道,"哦!看来是'将'!"愉悦的声音传了出来。

"有点早的意思是,这里的工作人员还在吃早餐吗?"玛莎一边问,一边跟了上去。

"不,意思是这个地方还没改建成主题乐园,仍然是一座处于分界线上的城堡。安瑟姆人和泽若玛人一直包围着这里,尚未签署和平协议。"

玛莎一路小跑追上了他。"你之前承诺的可是重现历史的导览,"她带着责备的口吻说,"而不是什么交战的城堡。"

"没错。"博士承认道,"不过,你想想看,亲眼见证历史岂不是更棒?"

"行吧。"

"你可以身临其境去体验一场真实的战争。"

"但我可能会遭遇真正的危险、意外受伤甚至死亡。"

博士欲言又止,转而驻足观看墙上的火把。"当然,你说的那种情况也有可能发生。"他最终开口了,"不过,你看,多么聪明的设计。"

玛莎还没来得及阻止,博士就把手伸进了火苗中。"我没事。"看到玛莎一脸的担忧,他解释道,"火把是假的。虽然非常逼真,但不是真火。棒极了,这里肯定有一台核聚变发动机。我们所处的时期距离上一次交战大概有好几年了。"

"大概?"

"是的,也许吧。"他倒着向后退,以便一直面向玛莎说话,"我也不确定,不如调查一下吧。我们最好找个人问问,比如刚才那个小姑娘。"

突然,玛莎停下脚步,盯着他的身后。

博士也停了下来。"怎么了?"他问道,但没有转身。

"也许,"玛莎缓缓地说,"我们可以问问那个戴着兜帽的怪人。他看上去就像恐怖修道院里专门负责吓人的家伙。"

博士的眼睛眯了起来。"他就在我身后,是吗?"他小声地说，没有回头。

玛莎点了点头。

"对付恐怖修士还不简单？"他转过身去，"你好，修士，可否占用你的……不，等等，不是这个问题……我想，你能不能帮助我们？没错，就是这样……你能帮帮忙吗？"

那位修士站在几米开外，微微垂着脑袋。兜帽下面除了一片黑影，什么都看不见。他的双手交握在身前，被宽大的衣袖盖住了。听完博士的话，修士抬起头，伸出一只苍白粗糙的手，示意他们跟上自己。

"我就说有重现历史的导览吧？"博士跟了上去，"快来，玛莎。"

"行吧。重现什么历史？黑死病吗？"

"有可能。"博士边走边说，"你还指望看到什么？"

修士领着博士和玛莎沿螺旋楼梯向上走，来到了一条宽敞亮堂的走廊。两侧的墙上都挂着油画，霉味儿和腐烂的气味不复存在。

一路上，他们碰到了另一位修士、一名身穿盔甲的守卫和一个鳄鱼人。守卫的盔甲明显是由塑料制成，就像小孩子扮过家家的玩具。在那个鳄鱼人踏出门口的瞬间，玛莎差点信以为真。他长着爬行动物的手足，黑溜溜的小眼睛在火光下闪烁，鳞片上覆盖着深色的皮革带，突出的吻部露出尖牙，顶端的鼻孔一张一合。

然而，等走近之后，玛莎才发现那个人头戴面具，身穿廉价的制服。面具的鼻孔微微内翻，尖牙显然是画上去的，眼睛则是两个小洞。脚尖的爪子如同橡胶一般柔软，触到地面还会翻折起来。鳞片直接画在了衣服上，而不是一片片贴上去的。

那个鳄鱼人举起手跟他们打招呼，并且点了点头。与此同时，面具歪到一边，差点掉了下来。玛莎听到面具下传出一声烦躁的叹息。

"这是做什么？化装舞会吗？"玛莎一边小声地说，一边微笑着朝鳄鱼人挥了挥手。

"那是一个穿着全套制服的泽若玛人。"博士答道，显然来了兴趣。

"那是别人戴着廉价面具假扮的。"

两人争论起来，不知不觉停下了脚步。修士又一次伸出手，不耐烦地示意他们赶紧跟上。玛莎皱起眉头，盯着那只长着尖爪、干瘪苍白的手，走上前一把抓住。手指摸起来又软又黏，长长的指甲似乎是橡胶材质的——那只"手"原来是一只手套。于是，她尴尬地把手套递还给修士。

借助明亮的光线，玛莎看清了兜帽下的那张脸。一个普普通通的年轻男人正惊讶地望着她。

"你是谁？我们现在要去哪里？"玛莎质问道。

那个人轻轻摇头，重新戴上手套，将一根手指放到了嘴唇上。

"他要遵守静默令。"博士解释道。

"可他又不是真的修士。"玛莎反驳道，重新跟了上去。

"我的意思是，有人命令他不准讲话。"

"这又是为什么？"

"你去过迪士尼乐园吗？"博士说。

"这跟迪士尼乐园有什么关系？"

"乐园里的米老鼠人偶会说话吗？"

"不会，好像只会吱吱叫。"

博士没再说话，跟着修士走进了一个气派的房间。"这才像回事嘛！谢谢你，塔克修士[1]。"他对修士说。"如果让米老鼠扮成修士……这个想法真糟糕……"他轻声嘟哝道，目送修士鞠躬离开，"连遮住那对大耳朵的兜帽都找不到。"

玛莎没有理会博士的自言自语，而是四处打量房间。这里的占地面积很大，就像中世纪古堡的宴会厅一样。一条长桌摆放在正中间，几张小一点的边桌围在四周，桌面上都铺着褪色的天鹅绒布。壁龛中竖立着厚重暗淡的金属盔甲。

墙上的油画有些褪色，留下了岁月的痕迹。主厅尽头挂着一

---

1. 英国民间传说中罗宾汉的伙伴。

面华丽的镜子,底部离地面很近,顶部则远远高出玛莎的头顶。在一块圆形盾牌上,交叉固定着两杆装了电池包的来复枪,看上去极具未来感。

"视差来复枪。"博士向玛莎解释道,"那玩意儿可厉害了,能将你的内脏瞬移到身体外面,在造成创伤之前又放回去,连泽若玛人都能杀死。"

"我们现在究竟在哪里?"

"我们在绝境城堡,也就是原计划的目的地。至少,从这些油画来看,应该就是这里。"博士绕着房间缓缓踱步,"上面记录了安瑟姆人和泽若玛人之间的多场战役。虽然来错了时期,但这里绝对是绝境城堡。"

"星系里最棒的主题乐园?"

"是的。好吧,总有一天会变成乐园的。但目前来说,和平协议尚未签署,这里还没开始改建,一切都那么可爱,哦不,应该是可怕。核聚变发动机和塑料制服都简陋极了。"

这时,玛莎透过镜子看到有人站在主厅门口,于是猛地转过了身。那个人穿着黑色西装——似乎是百货商店里最常见的那种套装——中等身材,脸上布满褶皱。虽然他有一头黑发,但鬓角已经变白,顶发也有些稀疏,暴露了真实年龄。

"有什么需要我帮忙的吗?"他的声音十分低沉。

"哦,有的。"博士答道,"抱歉,我们未经允许就进来了。"

"你们来这里是为了……"他打住话头。

"对,为了那件事而来,别告诉我名单上没有我们的名字。我收到了邀请,还被准许携带一名同伴出席。"博士举起装有通灵纸片的钱包晃了晃,上面显示着他想让别人看到的相关证明。

"为什么其他人都不跟我们说话?"那个男人检查通灵纸片的时候,玛莎问道。

"哦,因为他们要遵守一项愚蠢的规定:导游在穿着制服及当值期间不得讲话。我原本建议在这段时间取消这项规定,最好取消所有导览。不过没办法,传统就是传统。高福——那个可怜的小伙子——不得不写便签通知我你们到了。"

"米老鼠……"博士若有所思地说。

"好了。博士、米老鼠女士,"那个人饶有兴致地点了点头,"欢迎来到绝境城堡。银河联盟的观察员前来参加和谈是我们的荣幸。"

"实际上,我的名字叫玛莎。"玛莎解释道,"不要理会博士刚才说的话。"

"非常抱歉,玛莎·米老鼠女士。"

玛莎瞪了博士一眼。

"不过,我还是头一回遇到有人主动表明身份。"他继续说,"依照惯例,观察员会匿名出席并监督会议进展。只有在紧急情况下,他们才会使用特别管辖权出面干涉。"

"怎么说呢……"博士解释道,"这次的情况比较特殊。那么,你又是谁?"

那个男人惊讶地后退一步,不知是出于震惊还是愤怒而提高了音调,"我是高级部长德福伦,正是本人将交战的双方带上了谈判桌。"

博士咧嘴一笑,拍了拍高级部长的肩膀。"当然,"他说,"我们知道你是谁。对吗,玛莎·米老鼠?"

"对,就像我们知道彼此的名字一样。"玛莎说,"对吗,唐老鸭博士?"

"那么,"经过另一条走廊的时候,博士说道,"不如你跟我们详细讲讲吧?"这位高级部长正把两人带去谈判室,安瑟姆人和泽若玛人的代表都聚在那里。

"讲什么?"他困惑地说。

"你是怎么做到的?"玛莎暗示道。

"举行和谈是件大事,"博士说,"你一定费了很大工夫。我们想知道——从你的角度来说——你如何看待当下的情况?"

"现在还没到自我表扬或者发表演讲的时候。"德福伦说,"在签署和平协议之前,我们不会邀请媒体参加。"

"当然。"

"不过,我得承认,我感觉历史的重担正压在肩头。你们想知道什么？"

博士睁大眼睛，甩给玛莎一个"套他话"的眼神。

"博士是这方面的专家，"玛莎接话道，"而我刚刚加入这个团队。也许，你可以告诉我一些背景情况。"

"她虽然是新人，但已经做出了极大的贡献。"博士补充道，"唐老鸭和米老鼠——多棒的组合啊！所以，你为什么决定在绝境城堡里举行和谈？"

"原因显而易见。"德福伦说，"安瑟姆人和泽若玛人已经有二十年没在这里交火了，尽管双方仍然处于战争状态。"

"和平协议签署之后，双方就会停战，对吧？"玛莎问。

"签署得了吗？"博士小声地说。

"哦，一定会的。"德福伦向他们保证道，"现在双方已经谈到具体条款了。"

玛莎路过一扇敞开的大门，看到房间内部正在重新修缮。华丽的壁炉倒在地上，几处壁灯只剩下暴露在外的电线。

"修缮之后应该会很好看的。"她说。

德福伦摇了摇头。"我只希望主厅能够按时布置好，其他房间之后再说吧。我对那两个维护机器人早已丧失信心，不过，在这种条件下，它们也尽力了。"他语气沉重地说，"作为旅游景点，这里并不怎么受欢迎，时不时还需要政府补助。说实话，谁想看破破烂烂的建筑和故作噱头的导览呢？银河联盟计划在协议签署后将这里改造成主题乐园,全宇宙都能从重现历史的导览中吸取战争带来的惨痛教训。"他难过地摇了摇头。

"不错,一直空着城堡也不是办法。"博士附和道。"银河联盟就像联合国一样保持中立。"他小声地对玛莎说。

"为什么交给他们?"她小声地问。

"绝境城堡恰好处在唯一的安全通路上。一旦控制这里,就等于控制了整片区域,所以要将控制权交给中立的银河联盟。就让我们默默祈祷吧……"

"祈祷和平协议能够顺利签署吗?"

博士点点头,"这座城堡位于萨拉登通路的核心位置,一边是安瑟姆人的领地,另一边则是泽若玛人的。如果想夺取对方的领地,双方都必须先取得绝境城堡的控制权。和谈的目的就是正式宣告和平,并将绝境城堡移交给银河联盟。"

"然后把这里改造成主题乐园吗?"

"对啊,这计划是不是很棒?想象一下,如果哈德良长城[1]向游客开放并收取一定的费用——比如让人们上去逛一逛或者画几张速写之类的——那第九军团[2]的士兵在军营里也会睡得安稳一些。"

"你觉得可能吗?"

---

1. 罗马皇帝哈德良在英格兰北部修建的防御工事。
2. 一支罗马军团,又称第九"西班牙"军团。

博士吸了口气,"有可能。历史就是由诸多可能性组成的。"

走廊尽头,两名守卫把守在门外。他们的盔甲呈流线型,比制服更现代,仿佛将格斗装备和美式橄榄球的肩甲混搭在了一起。

德福伦无视立正行礼的守卫,大步走进了房间。"我很高兴地宣布:银河联盟的两位观察员到了。"他示意博士和玛莎进来。

"你们好。"博士亲切地说。

玛莎举起手打了个招呼,但什么也没说,因为她正忙着观察坐在房间里的那些人。

房间正中央摆着一张马蹄形的会议桌,德福伦径直走到了正中的空位上。桌子两端各剩一个空位,玛莎和博士分别坐了过去。

"我是博士,这位是玛莎。"博士介绍道,"不如先请你们做一下简单的自我介绍,然后继续谈判吧。和谈期间权当我俩不在这里,听上去如何?"

安瑟姆的代表是一位上了年纪、头发花白的女士和一个肩膀宽厚的中年男人,后者的眼神看起来冷酷无情;泽若玛的代表则是两个鳄鱼人,其中一个转头看向玛莎,身上的鳞片闪闪发光。他的一只眼睛戴着黑色的眼罩,一道骇人的白色伤疤从下面露了出来。雪白的尖牙咬合在一起,一滴浅色的唾液从吻部落了下来。

2

年长的女士先开了口,声音不大,态度和蔼。她对博士和玛莎说:"我是卡萨博夫人,安瑟姆总统的私人代表。我有权替他做出任何必要的决定。"她浑身散发着自信和权威的气息。说完,她向对面的一个鳄鱼人点了点头。

不过,不是戴眼罩的那个,而是他身旁年纪更大的鳄鱼人。他的眼睛有些浑浊,身上的鳞片部分脱落、凹凸不平,牙齿和尖爪也已泛黄。他刚张开嘴,刺耳的嗓音就从喉咙深处传了出来。当话终于说出口的时候,他的声音低沉粗噶:"我是泽若玛代表团的首席大臣切克斯。同卡萨博夫人一样,我被授予全权参与谈判。同样,我相信双方将会明智地达成一致,在两地之间建立持久的和平。"令人惊讶的是,他说话很有教养。

卡萨博夫人微微一笑,感激地点了点头。接着,切克斯让他的同伴做自我介绍。

"我是奥罗将军。"另一个泽若玛人冷冰冰地说,声音更为深沉,"我来这里是为了协助切克斯大臣的工作,并侧重对军事战略方面的条款提供建议。仅此而已。"他说话粗鲁,眼罩周围的皮肤跟着抽动起来。说完,他靠回椅背,别过了脸,好像这件事到此为止了。

德福伦礼貌地清了清嗓子,"我认为你过于谦虚了。"他不理会将军的哼声,继续说了下去,"奥罗将军是泽若玛军队的最高领袖,也是参加过第十次冲突的老兵,更是一位知名的历史学家。他对和谈的见解受到了大家的欢迎。"

"真棒!"博士大叫着鼓了鼓掌。他发现没人加入自己,只好停下来,耸了耸肩,靠回椅背,"不用理我,你们继续。"

卡萨博夫人清了清嗓子,"为了本次和谈,奥罗将军特意准备了一件极其华丽的礼物,为绝境城堡锦上添花。"她转向将军,但后者正全神贯注地盯着爪子,仿佛她说的那个人与自己无关。

"什么礼物?"玛莎问。在她看来,奥罗将军不像是那种会参加派对的人,更不会送上系着粉红丝带的奢侈礼物。

"城堡曾经拥有一件伟大的珍宝,那便是传说中的致命魔镜。"德福伦说,"你知道的,为了让这里恢复往日的风采,我们正在重新修缮,而奥罗将军恰好献上了极为逼真的镜子仿制品。你们刚才在主厅可能已经看到了。"

玛莎确实记得那面镜子,"是的,那东西不错,令人印象深刻。"

博士不以为然地说:"原来的镜子在哪儿?"

坐在卡萨博夫人旁边的男人开了口,语气尽显讽刺:"早没了。在第三次攻城战期间,泽若玛人摧毁了原来的镜子。所以,我觉得他们献上仿制品是理所应当的。"

奥罗将军瞪着那个男人,气得都快冒烟了,"我怎么听说是在囚禁事件发生后,潘纳德总督将镜子砸成了碎片……"

"从而给安瑟姆人带来厄运,引发了第三次攻城战。"那人接话道,"我猜你说得没错,这样听上去相当合理。"他突然笑了笑,尽管眼神依旧冷酷无情,"也许我们应该邀请索罗丁教授过来谈谈他的观点,为什么不呢?"他打了个哈欠,"反正我们整个晚上都要耗在这儿。"

"你说的是米兰·索罗丁教授吗?"博士问。

德福伦点点头,"对,他对双方的战事和致命魔镜都有深入的研究。你认识他吗?"

博士摇摇头,"不认识,我瞎蒙的。"

那个男人哈哈大笑起来。

"对了,你的名字是?"博士说。

"斯特曼。"

"没有称谓吗?"玛莎问。

他耸耸肩,"我可不是什么王室贵族,只是一介平民。所以是的,没有称谓。"

"斯特曼是我的助手兼顾问。"卡萨博夫人略带歉意地说,

021

"看来我得再次提醒他收敛一下自己的幽默感,给予别人应有的尊重。"

斯特曼低下头,"谢谢提醒,夫人。"他转向奥罗将军,一脸懊悔地说:"十分抱歉,我无意冒犯。"

不过,奥罗将军并没有理他。

"好了,"博士试着打破尴尬的气氛,"看来还有很多事项有待讨论,我们就不耽误你们了。如果没什么问题的话,我们打算四处转转。"

德福伦皱起了眉头,"四处转转?"

"就在城堡里闲逛一下,"博士解释道,一下子站了起来,"随便看看,四处转转。我们之后再回来看看你们进展如何。"

"高福正在为你们准备住处。"德福伦说,"我让他带你们转转。"

"那个不能说话的修士吗?"玛莎问。

"他只在身着制服的时候才不能说话。"斯特曼回答道。

"规定不允许他讲话吗?"博士问。

"对。"德福伦确认道。

"这次的导览肯定与众不同。"玛莎说。

那位修士在走廊上跟他们会合。

"你是高福吗?"博士问。

修士戴着兜帽点了点头,脸隐藏在阴影之中。

"那就好。"博士说,"我觉得有必要确认一下,毕竟,你们这些修士看起来都一个样。"看到玛莎的表情后,他叹了口气,"或许没有这个必要。"

高福也许有些惊讶,因为博士和玛莎只是扫了一眼各自的房间,并没有放下任何行李。

"不错,"博士站在房间门口说,"真不错。好了,现在开始德福伦承诺的导览如何?"

这是一次非常奇妙的导览。导游全程一言不发,回答问题只会摇头或者点头。玛莎觉得他们就像在参观英国某座保存完好但相当无聊的古堡一样——直到他们来到了户外。

"天哪……"玛莎仰望上空,声音逐渐弱了下去,"我们竟然……你从没说过……"她转向博士,"我们竟然在太空中。"

"我之前说过,这座城堡位于萨拉登通路的核心位置。"

"像我们这些没学过星系地理学的人,还以为城堡是建在山谷或山口之类的地方,而不是外太空的某颗星球上。"

"真的吗?"博士想了一下,"你们真的这么想吗?"

"是的。"

"好吧,我们确实在太空中。"

"谢谢,我现在看得出来,只是……如果你能事先提醒我城堡飘浮在太空中就好了。"

"不是飘浮,"博士告诉她,"不完全是这样。这里由石头筑成,原来是一所修道院。"他补充道,仿佛这就足以说明一切。

不过,玛莎并没有在听,而是望向了庭院的另一边。在城垛之上,一团壮观的橙红色星云正在缓缓旋转,发光的星星似乎触手可及。

"他们用力场隔绝了空气?"她小声地问。

"不,应该是半渗透性气泡。"博士回答道,"飞船只有在减速之后才能通过气泡。任何速度过快的东西——比如一枚导弹——若想闯进来,都会发生爆炸!"他猛地拍了拍手,模拟出爆炸的音效。

"所以,我们不会窒息或者飘进太空中?"

"不会。"

玛莎微笑着说:"好吧,我只是确认一下。"

"不过,从气泡里出去则简单得多。只要你跑得够快,等边缘延展到极限就可以冲出去了。你看,就像凹面镜一样。"他弯曲手掌演示给她看,"或者是凸面镜?我向来记不住,但不要紧。"博士一边搭着玛莎的肩膀,一边指着发光的蓝色星星。那颗星星看着非常近,似乎伸手就可以摘下来。"那是帕拉斯科隆星,远处发出苍白微光的则是克罗迪安大裂缝。"博士说。

那位修士一边点头,一边指来指去。

"那一团是安若宁星云。"博士说,"美极了,对吗?"

可惜没过多久，高福就领着博士和玛莎穿过另一道门，回到了城堡。一路上，玛莎看见一群守卫在城垛上站岗，身上穿着同样的流线型盔甲。

她回过头，想最后再看一眼壮丽的景色，却看到庭院中间有道阴影一闪而过，躲进了高耸的塔楼底下。她驻足观察，但没有发现任何异常。也许那里什么都没有，只是光线造成的错觉。

但有一瞬间玛莎可以肯定，那是一个小姑娘。

城堡内部真是一团糟，看上去似乎尚未建成：地砖都不见了，石材堆砌在走廊上，建了一半的拱门还未打磨加工。

高福将手握成拳头，做出敲击的动作。

"几个字？"博士问道，"哈哈没什么，开个玩笑。"他接着说，"这一片还在建造吗？"

修士的兜帽晃了晃。

"那就是正在修缮？"

高福点了点头。

"这里和修道院有什么关系？"玛莎想搞清楚。

"这里原本是一所由莫拉迪纳德的致命修士建造的修道院。"博士说，仿佛答案显而易见，"安瑟姆人和泽若玛人发现彼此的存在后，便开始争夺这个地方！"

博士最后不得不大声喊话，因为拱门那边的电钻声越来越大，盖住了他的声音。玛莎跟着博士走过去，隐约听到身后传来低沉的撞击声。她想，也许是那位修士不小心绊倒了。为了不令他感到窘迫，她没有回头去看。

与此同时，房间里的景象吸引了她的注意力。整个房间只剩光秃秃的墙面，其中一面换上了光滑崭新的石板，另一面则刚刚换了一半。两名工人正将一块旧石板的边缘切割整齐，准备抬起来装到墙上。

虽然看上去像人类，但那两名工人都是机器人。其中一个又高又瘦，球窝关节正往外渗油，尖头叉子般的金属手抬着石板。另一个则又矮又胖，像是由许多块生锈的金属板焊接而成的。它用装甲般的手从同伴那里接过石板，转动腰部的转盘，然后把石板放置在一堆废弃的碎石之上。

"所以我告诉他，"那个高瘦的机器人带着鼻音说，"'你是指望我们当免费劳动力吗？门儿都没有！'"尖厉的笑声在石壁间回响。

"很好，就是这样！"矮个子机器人低声说，"说得好，波尔。"

"谢谢你，波特。我也是这样想的，你说得没错。"

它们发现博士和玛莎正盯着自己，立刻停了下来。

"我们会完成的，好吗？"那个高瘦的机器人连忙说。

"我们马上就去，"波特附和道，"只要先——"

"完成什么？"博士问。

"完成你交代的那件事。"波尔说，"这里的每个人都在发号施令，每时每刻又有更多的指令从银河联盟那边传过来，让我们报告这个或者汇报那个。"

"哦对，那件事。"博士说，"非常好。你说是不是很棒，玛莎？"

"是的。"她接话道，"只不过，我们不需要你们做任何事，谢谢。"

随之而来的是一阵沉默。波尔看了看波特，波特又看了看波尔，然后它们同时转身看向博士和玛莎。

"这还是头一次听到别人不让我们做任何事。"波特说。

"唯一一次。"波尔附和道，"通常我们都要干各种活儿。"

"比如把这个放到那边，取下墙上的画，或者把镜子挂起来等等。"

"镜子？"博士问。

"也可能是随便什么东西。"波特说，"我只是打个比方。"

"致命魔镜是你们挂上去的吗？"玛莎问。

波尔再次发出尖厉的笑声，"你觉得我们在这里待了多久了？"

"要知道，"波特咕哝道，"我们一直都待在这里。"

波尔的笑声停了下来，"没错，镜子是我们挂上去的，不过那都是一百多年前的事情了。修道院还在的时候,一切维护和修缮工作就是我们在做。"

"致命修士在离开之前留下了那面镜子,并以自己的称谓来命名。"波尔继续说,"致命修士和致命魔镜,听上去就像镜像一样。你听懂没?镜像!"

两个机器人随即大笑起来,全身都在颤抖。

"实际上,玛莎问的是那个仿制品。"博士说,"奥罗将军带来的那面镜子。"

"哦,那个啊。"波特说,"我不确定它是不是仿制品。"

"看上去就跟真的一样。"波尔附和道。

博士点点头,"那便是仿制品存在的意义。"他走到它们身边,检查着新换上的石板,"看着很好。非常棒的匠人工艺,或者说,机器人工艺。"

"我们当然是最棒的。"波特骄傲地说。

"不过,高质量也意味着高耗时。"波尔说,"不是所有人都能明白这点。"

"我明白。"博士告诉它们,"玛莎也一样,还有高福。"

玛莎转过身,发现修士就站在自己身后。她冲他笑了笑,似乎看到兜帽下面有一道反光闪过。

"一切工作都是你们在做吗?这肯定很有趣。"博士说。

"当然,我们的程序预设了砖石材加工、金属制造和木工活。"

波尔骄傲地说。

"还有玻璃安装、园艺、维修、锻造和罩光漆加工等技能。"波特接着说,"目前我正在等待升级,补丁这几天应该就会发过来。"

"早该升级了。"波尔嘟囔道。

"这份工作会不会有点无聊?"玛莎问道,"我是指……日复一日地维护这里?"

"如果城堡是我们建造的,那可能会有点无聊。"波尔承认道,"不过,总有新的工作等待我们完成。"

"比如吸尘。"波特补充道。

"还有清洁银器。"波尔说,"很多工作我们也是第一次做,因为这是城堡首次进行全面修缮。"

"早该修一修了。"波特说。

"我猜,你们肯定有不少意外的发现。"博士说,"很多像这样的古建筑通常会留下建造者或工人的特有记号。"

"比如,在石板上刻上自己名字的缩写?"玛莎举例说。

博士点点头,"或者留下什么东西。人们经常在大大小小的教堂里发现这类东西,在拆除嵌板或者抬起石块之后……"他摸到了一块松动的旧石板,"你们瞧,这一块是松的。"

博士将手指伸进缝隙,握住旧石板前后摇晃,直到把它完全拎出来,"然后,你会惊喜地发现……"

他移开石板,"当然,也可能什么都没发现,我只是打个比方。"他把那块重重的石板扔到碎石堆上,拍了拍手上的灰,"但有时候……"博士皱起眉头,望进石板背后的小洞。

玛莎跑了过去,"里面真有什么东西吗?难道是你瞎蒙的?"

博士把手伸进洞里,掏出了一个三明治大小的物品,上面包着旧布,满是灰尘,看着很是古老。他开始拆包裹,玛莎由衷地希望里面装的不是三明治。

"我瞎蒙的。"博士说,"不过也太巧了吧?随意移开一块石板就发现了……"他将布扔在地上,"这个东西。"

那是一个深色的长方体,外表光滑,像是上了色的半透明塑料。

"如果最早是你放进去的话,就没这么巧了。"波特说。

"难道不是你们放的?"玛莎问。

"不是我。"波特说。

"也不是我。"波尔补充道,"博士,看来你给这位女士留下了深刻的印象。"

"它在这里已经放了很长时间了,会不会是塑料做的?"博士说,"那块石板放在那里有多久了?"长方体看上去像是一只盒子,顶盖的长边与下半部分相连。

"要我说,应该有一百年零三个月又六天了。"波尔告诉他们,"出入不过一个小时左右。"

"这东西摸着又脆又冰,不像是塑料的。"博士试着用舌尖舔了舔长方体的表面,"是玻璃做的,非常古老的有色玻璃。"

一开始,玛莎以为顶盖之下还有一层盖子,接着突然意识到了什么。"这是一本书。"她说。

"由玻璃做成的书。"博士将它对着光,"上面写的什么?我看不懂这种文字。"

"塔迪斯没有为我们翻译吗?"

"看来没有。"博士合上书,把它举到修士面前,后者正站在他们身边,"有什么想法吗,高福?"

修士伸出手,想抓住这本书。他的手上闪着奇怪的光芒。

博士把书拿开,"小心点,它古老易碎。"

修士再次伸手过来。

博士又一次把书举高,让对方够不到,"你到底怎么回事?"

玛莎伸手去够他的兜帽,"高福?"

修士一把推开她,飞快地转过身,然后逃离了房间。

博士立刻追了上去,玛莎也紧随其后。她跑到拱门旁边,恰好看见修士消失在城堡的庭院里。博士并没有跟上去,而是把一个满脸雀斑、一头棕发的年轻人扶了起来。

那个年轻人只穿了一件打底的长衫,正揉着后脑勺,看上去一脸迷茫,有些窘迫。

"发生什么事了?"那人问道,"博士?"

博士看了看玛莎。

"你认识他？"玛莎问那个年轻人。

"当然，玛莎。"

"那你是谁？"博士问。

"我是你们的导游高福，还记得吗？不好意思，但为什么有人把我打晕，还拿走了我的制服？"

3

博士让玛莎留下来查看年轻人是否安然无恙,自己则跑进了庭院。星光下,城堡在地面和墙上投下了长长的阴影,四座塔楼的轮廓在太空的映衬下隐约可见。

透过主城门,更多的光从外面照了进来,看上去像是人造日光。博士考虑再三,最终向门楼跑去。一路上,他仍然没有看到那位修士,或者说,假扮的修士。

一条小路从门楼延伸出去,通向了精美绝伦的花园。石子路纵横交错,草坪修剪得十分整齐。除了玫瑰园、湖泊和郁郁葱葱的树木,这里甚至还有一座迷宫。

可是,花园里却没有修士的踪迹。

"跟丢了!"博士大声地说。

"他回城堡了。"一个声音从门楼底下传了出来,"那个方向。"一个小姑娘从阴影里走出来,指向博士、玛莎和高福刚刚经过的那扇门。她正是博士之前在塔迪斯外面看到的那个小姑娘。

"你知道他是谁吗?"

"修士。"

"不，他不是真的修士。"博士告诉她，"但一定在搞什么鬼把戏。"

听完博士的话，小姑娘大笑起来。她十二岁左右，有一头乱七八糟的金发，脸上还黏着脏兮兮的泥土。虽然身上的衣服比破布好不了多少，但看得出来她没有挨饿。

"我叫博士。"他说，"你早就看到我和我的朋友玛莎了，还一直跟着我们，对不对？"

小姑娘耸耸肩，"你们是新来的。我觉得你们很有趣。"

博士咧嘴一笑，"你说得对。那么，你叫什么名字？"

"今天我叫嘉娜。"

"真是个好名字，我还没遇到过叫嘉娜的人呢。在其他日子里，你又叫什么？"

小姑娘没有回答，而是扭头看向别处。当视线再次转回来时，她脸上的笑容消失了。突然间，她看上去十分脆弱。

"再见。"她不等博士开口便跑进花园，沿着一条小路蹦蹦跳跳地离开了。

"再见，嘉娜！"博士喊道。

小姑娘转身挥了挥手，然后越跑越远。

玛莎检查了高福的伤势，还在他面前晃了晃手指，以确认没有造成脑震荡。接着，他有些窘迫地领着博士和玛莎穿过城堡，朝仆人的房间走了过去。高福刚才就表现得过于紧张，玛莎可以想象，仅仅穿着打底长衫走在路上一定让他很不自在。

"那身衣服可热了。"高福解释道。看来，他没穿制服的时候可以说话。

"没关系，不用在意我们。"博士漫不经心地说，"好吧，应该是不用在意我，玛莎可能不行。不过，这都取决于你。"

"我保证不盯着你看。"玛莎严肃地补充道。

"这是不是所有路线中人烟最稀少的一条？"博士一脸无辜地问。

玛莎小声地对他说："别捉弄他了。"

"我只是随口一说。"

"那就别说了。难道你看不出来他已经够窘迫了吗？"

博士咧嘴一笑，挑了挑眉毛。"对了，"他突然严肃起来，"你有没有看清是谁打的你？"

高福摇了摇头，然后因为头晕而一脸痛苦。

"没事的，你没穿制服的时候可以跟我们说话。"玛莎说。

"所以，"博士问道，"那个人为什么要偷你的制服？"

"为了伪装自己？"玛莎提出了想法，"这样别人就不知道制服里面究竟是谁了。"

"好想法，但那个人为什么需要伪装呢？"博士掂量着手里

035

的玻璃书,"他感兴趣的是这玩意儿,对不对?可是,他不可能提前知道我们会发现这本书。"

"或者是她。"玛莎指出。

"也可能是它。"博士补充道,"不过,肯定不是泽若玛人,因为他们的吻部会从兜帽下面露出来。"

"或者机器人?比如波尔和波特?"玛莎提议道。

"这里没有其他机器人了。"高福回答道。

终于,他们来到了仆人的房间。博士和玛莎等候在外面的楼梯平台上,高福则进屋找衣服穿。

"你觉得会不会有人在监视我们?"玛莎悄悄地问,"你从塔迪斯里出来的时候看到过一个小姑娘,我刚刚又看到她出现在庭院里。"

博士摇摇头,"她太小了,不可能会做那种事,况且她一直待在庭院里呢。另外,小姑娘的名字叫嘉娜。"

高福从房间里走出来,恰好听到了他们的对话。玛莎很高兴看到他穿着宽松的裤子和无领上衣,而不是一套新的修士制服。

"你见过嘉娜了?"高福问。

"见过了,嘉娜和我可是最好的朋友。"博士告诉他,"话说回来,她究竟是什么人?"

高福似乎没有听见这个问题,揉着脑袋呻吟起来。过了一会儿,他开口了:"如果可以的话,我想带你们去谈判室,然后回房间休息一下。午餐时间快到了。"

"好啊,我快饿死了。"玛莎这才意识到自己饿极了,但又不记得上一次吃饭是在什么时候。

"噢,我原本希望参观一下花园呢。"博士带着失望的语气夸张地说。

高福摇摇头,"最好找别人带你去。"

"你对那一片不熟悉吗?"

"那一片是雷区。"

博士同情地点点头,"对导游来说确实是雷区:除了要熟悉各种各样的植物,不在迷宫里迷路,还要防止游客掉进湖里。"

"不,"高福说,"我的意思是那里真的是一片雷区,到处都埋藏着杀伤性地雷和各种陷阱,那是战争期间为了抵御入侵而布置的防御工事。嘉娜的姐姐就是在那儿……"他突然话锋一转,"我们可以走近路穿过陈列长廊,那里的油画还是值得一看的。"

博士和玛莎互相对望一眼。

"跟我们说说嘉娜吧。"博士小声地说,"另外,她的姐姐怎么了?"

他们站在城垛上俯视花园,玛莎和博士探出身子,想再看得清楚些。高高竖起的照明灯将刺眼的人造日光照射在草坪上,仿佛那儿是一座足球场。

037

眼前的优美景色竟然暗藏死亡陷阱,玛莎对此感到难以置信。她能看见湖泊、花床和低矮的树篱;在门楼另一侧,她还能看见组成迷宫的篱笆,里面的小路依稀可辨。

更远处,人造日光一直照射到地面快要消失的地方。世界的尽头好像被宇宙巨人啃了一口,只剩一片残缺的边缘,不可思议地悬浮在太空中。在那之外,便是星光熠熠的黑夜。

"嘉娜和她的孪生姐姐都出生在这里。"高福说。

"她的孪生姐姐叫什么?"玛莎猜测姐姐应该已经去世了。

"蒂达。没人能分清她俩究竟谁是谁,至少从外表上看不出来。"

"要靠性格来分辨?"博士好奇地问。

"是的,不过也无法做到完全准确。嘉娜性格开朗,乐于助人,喜欢去厨房帮忙或者陪波尔、波特一起工作,不会惹什么麻烦。"

"蒂达呢?"

"她性情乖戾,十分固执,什么忙都不会帮,只会转身就跑。姐妹俩的性格完全相反,一个礼貌友善,富有同情心,另一个则喜欢捉弄、欺负别人⋯⋯"高福眼睛湿润,别过了头。

"她欺负过你,是吗?"玛莎轻声说。

高福点了点头,又擦了一下眼睛。"我讨厌她,讨厌极了!那时候她才十岁出头,但言语无比恶毒。"他又立刻改口道,"不,不是恶毒,这样说好像太过分了,但她确实很不友善,总是喜欢招惹别人。"

"两个小姑娘从哪儿来的?"玛莎说。

"问得好。"博士说,"真棒。真希望我也能想出这个问题,实际上,我想到过。"

"她们从出生起就一直住在这里。"高福回答道,"她们的母亲在城堡工作。我不清楚她是做什么的,因为那是很早以前的事情了。双胞胎出生后不久,她便去世了。"

"那她们的父亲呢?"博士问。

"听说他在十二年前是安瑟姆重骑兵团的一名士兵,你可以猜到结局如何。"

"那时战争不是已经结束了吗?至少,双方不再争夺这座城堡了。"玛莎说。

博士看了玛莎一眼,又转向高福说:"你还是告诉我们吧。"

"她们的父亲被派到乌尔苏拉边疆,最终在摩多芬反应堆事故中身亡。"

"嘉娜和蒂达就这样变成孤儿了?"玛莎问。

"官方的说法是她们交由绝境城堡的副官来照顾,但他什么都不管。"

"他去哪儿了?"玛莎问。

高福摇摇头,"他一直都在这里,不过最近暂时离开了。虽然德福伦促成了和平谈判,但没有算上副官的份,所以他一气之下跑走了。他声称自己攒了六个月的带薪假期，准备一次性休完。估计这会儿他正在汉姆瑟斯闲逛，喝得酩酊大醉呢。"

"所以，"博士轻声问道，"蒂达究竟怎么了？"

高福背靠墙壁，盯着远方，"她喜欢招惹这里的每一个人。一旦他们愤怒地追赶她，蒂达就会笑嘻嘻地逃走，跑进花园。她知道没人敢追过去。"

玛莎突然感到一阵寒意，"你说过，花园是一片雷区。"

"只针对有机生命。"高福指着大片修剪整齐的草皮说，"机械割草机不会触发地雷，可以用来维护草坪，修剪篱笆。不过，两个小姑娘知道怎么安全地穿过花园。"

"没错。"博士说，"嘉娜跟我分别后，就沿着那条路跑进了花园。"他指了过去，"还好我没有跟上去。"

高福点点头，"在银河联盟的帮助下，大部分地雷都被扫除了。所有小路都已安全，至少他们是这么宣称的。不过我可不信，要是你见识过那些地雷的杀伤力……总之，银河联盟也意识到，死亡陷阱对前来参观的游客来说并不是什么好东西。"

"没错。"博士同意道。

"我觉得她们是从园丁那儿得知的安全路线。"高福接着说，"毕竟，花园里总有工作需要人来完成。园丁一般都是自顾自地工作，从来不会靠近草坪。我不确定，也许他们存着地雷分布图之类的东西。一年前，地雷还没被扫除的时候……"他咬住下嘴唇停了一会儿,然后继续说:"蒂达惹恼了一个在厨房帮工的男孩,把他彻底激怒了。男孩对着她大喊大叫——我永远不会忘记那一幕——然后她逃跑了……"

"一定是跑进了花园。"博士说。

高福不愿再盯着花园看了,随即背过了身,"她穿过草坪的时候偏离了安全路线……爆炸声响彻城堡,仆人房间东翼的窗户都震碎了。"

"所以只剩嘉娜孤身一人了。可怜的小家伙。"博士轻声说。

"自此之后,她仿佛变了一个人似的。"高福告诉他,"不再帮助别人,只是终日躲藏在阴影里,或者像鬼魂一样在城堡里悄无声息地游荡。她还会从厨房里偷东西吃,当然了,大家并不介意。我们都很同情她。"

"只剩她自己了。"玛莎说。

"不,蒂达依然在她身边。"高福说,"不知怎的,两个人似乎合二为一了。同她说话的时候,你永远不知道是哪一个在回答你——上一秒还礼貌乖巧,下一秒可能勃然大怒,对人无礼。"

博士的手指敲击着墙头,"这是创伤后遗症的表现。双胞胎之间的联系通常十分紧密,她放不下死去的姐姐,于是变得内向起来。"

"一人两面?"玛莎问。

"有时候会像天使一样,有时候又是个捣蛋鬼。"博士说。

"比如她之前想把你引进雷区?"玛莎说。

"嘉娜虽然调皮,而且比任何人都熟悉安全路线,但绝无害人之心。"高福告诉他们,"我不敢保证花园是绝对安全的,但沿着小路走应该没有问题。"

"好吧。"博士说,"这番话真令人放心。"

主厅正中的长桌上摆放着冷盘肉和沙拉,但索罗丁教授对此熟视无睹。他一听到踩在石板地面上的脚步声,便从致命魔镜前转身,迅速走到边桌旁,收拾起了书本和文件。

"这里就你一个人吗,教授?"卡萨博夫人走进主厅,惊讶地问。

"当然。"

"我好像听到了其他人的声音。"

"这里就我一个人。"教授解释道,"我刚才在做笔记,有时候会大声朗读出来。"

"不小心打扰到你真是抱歉。"卡萨博夫人说,"其他人很快就会过来,德福伦正在向切克斯阐明议事规则。你愿意留下来跟我们共进午餐吗?我们非常欢迎。"

索罗丁拿起收好的东西,"感谢邀请,夫人,但我要先把这些东西放回去。"

"希望博士和玛莎也能加入我们。"卡萨博夫人说着走到那面巨大的镜子前,"做工太精细了。"她轻声说,"奥罗将军真是慷慨,居然赠予城堡这样一份礼物。"

"奥罗将军是一个不同寻常的人。"索罗丁说,"博士和玛莎是谁?我好像未曾见过他们。"

卡萨博夫人凝视着自己的镜像,皱了皱鼻子,又挑了挑眉毛,"他们是银河联盟的观察员,看上去没什么恶意,只是有点……"她耸了耸肩,不知道该如何形容下去。索罗丁站的位置很偏,她无法从镜子里看到他。于是,她转过身问:"你会加入我们吗?"

"乐意之至。"索罗丁抱着书本和文件说,"待会儿见。"

等他离开后,卡萨博夫人又转回镜子前。她看着那张布满皱纹的脸,心想获得经验和智慧是需要付出代价的。她感觉自己依然年轻,仿佛能从镜子里看到过去的容貌,但其他人也能看到吗?她苦笑了一下,她的镜像也报以微笑。

高福领着他们从城垛下到庭院里。照明灯发出的光线被城墙遮挡,又窄又陡的楼梯很快陷入了阴影中。玛莎小心翼翼地看着脚下的路,不想从老旧的楼梯上滚下去撞飞博士和高福。

"为什么要把美丽的花园变成死亡陷阱呢?"她大声问,遗憾自己无法尽情游览眼前的花园。

"恰恰相反。"博士回过头说,"这里曾是一座堡垒,铺设地雷是为了阻拦敌人从气泡外面闯进来。"

"气泡边缘不太牢固。"玛莎回忆道。

"没错,如果你必须时刻盯着致命雷区,为什么不把这里变得漂漂亮亮的呢?"

"也许吧。"玛莎并没有完全信服。

"这样做还能迷惑敌人,让他们在迷宫里迷路。"

玛莎下到楼梯最底层,发现博士和高福早已大步走向庭院。两人正聊得起劲,或者说,博士正说得起劲,高福看上去则一脸困惑。

玛莎叹了口气,快步追上去,但又很快停住了脚步。她突然心里发毛,感觉有人正盯着自己。她转过身,果然看到楼梯下方的阴影里站着一个小姑娘。

"你是玛莎吗?"小姑娘问。

"没错。"玛莎说。

"你别理高福。"小姑娘说,"他就是个乡巴佬。"

"是吗?"

小姑娘耸耸肩,"我不喜欢他。他可蠢了。"

玛莎点点头,"他说了你和你姐姐的事情。"

小姑娘眯起眼睛,"他说了什么?肯定都是假话。"她面无表情,仿佛压抑着所有情绪。

"你现在是谁?"玛莎一边说,一边观察她的表情,但没发现任何变化,"嘉娜还是蒂达?"

与此同时，在庭院的另一头，博士和高福停下脚步，四处寻找玛莎的身影。

然而，没有人注意到，一个戴着兜帽的人正躲在不远处的阴影里，无声无息地观察着他们。

卡萨博夫人从镜子里看到桌上的午餐，便转过身思考自己一会儿先吃哪盘肉。外交活动虽然极度无聊，但至少吃得还不错。

在夫人身后，她的镜像却没有转身。它默默地看着这位年长的女士打量食物，表情从苦笑变成了可怕的冷笑。它伸出一只苍老的手穿过镜子，镜面泛起一道道波纹。首先出来的是指尖，接着是手指、手腕和胳膊。镜像向前踏出一步，一只脚走了出来。然后，布满皱纹的脸也出现了，就像从水面探出了头一般。锋利的手指慢慢伸向卡萨博夫人，但后者对此浑然不知。

"卡萨博夫人？"外面传来一声呼喊，"你在里面吗？"

卡萨博夫人叹了口气，迅速朝门口走去，"我在这里，斯特曼。"她回答道，"我已经准备好吃午餐了。"

斯特曼出现在门口，"抱歉夫人，我没有注意到你已经离开了。"他脸上的担忧消失了，"早知道我就不待在那里了。德福伦简直是个书呆子，至于奥罗将军……"两人相视一笑。现在是属于他们的私人时间，不必在意外交礼节，可以放松地袒露心声。

卡萨博夫人的镜像默默咒骂一声，退回了镜子里的黑暗世界。

4

博士和玛莎跟着高福回到主厅,意外地发现午餐不是特别正式。

"待会儿见。"玛莎说。

博士凑到高福身边轻声说:"只有我们在场的时候,你穿着制服也可以说话。我们不会告诉其他人的,我发誓。"

小个子德福伦一看到他们,就赶紧热情地介绍起了食物。"我个人不建议吃泽若玛水松露。"他低声说,"这道菜之所以出现在这里,完全是因为奥罗将军喜欢吃。"

"不好吃吗?"玛莎问。

德福伦点点头,"那玩意儿看上去就像生长在臭水塘里的水草,我咨询过厨师后才知道还真是这样。"

"那我一定得尝一尝。"博士说着,取了一只干净的盘子和一张餐巾。

"请告诉我他不是认真的。"德福伦对玛莎说。

"通常他都是在开玩笑。"玛莎说,"不过这次就不知道了。"

她坐到博士身边的时候,恰好看见他用夹子从碗里取用某种食物——看起来和闻上去确实都像臭水塘里的水草。

"希望它尝起来有菠菜的味道。"博士说,似乎没有注意到所有人都停下来盯着他。

卡萨博夫人向玛莎摇了摇头,想让她提醒博士住手。玛莎只好也摇头回应,表示博士不会听的;斯特曼做出一副无可奈何的表情,德福伦则捂住了自己的嘴巴;在他们对面,切克斯和奥罗饶有兴致地盯着博士。

博士用手指拎起一长条黏糊糊的绿色水草,高高举到嘴巴上方,"没什么大不了的。"接着他犹豫起来,"不过仔细想想,我其实不太喜欢吃菠菜。"他叹了口气,"算了。"然后他将那玩意儿扔进了嘴里。

他几乎同时弯下了腰,"哦!"他含着水草勉强说,"天哪!哎哟!我的妈呀!"接着,他站直身体,一边像拨浪鼓一样摇晃脑袋,一边咳嗽起来。

"你还好吗?"玛莎以为他呛到了。

"哦,味道好极了!"博士大声地说,"非常不错。你应该试一试,玛莎。为什么会有一股辛辣的回味?"

"种荚破碎的时候会释放一种弱酸。"奥罗将军告诉他。

"棒极了!着实把味道带出来了,不是吗?"他又夹了更多的水草放到盘子上,"人们应该把它加到三明治里,或者做成汤搭配薯条吃。没错!要不要给你也夹点儿,玛莎?"

"谢谢你的好意，我就不必了。我可以吃点奶酪什么的。"

"不吃可是你的损失。"博士嘟囔道，嘴里塞满了水草。

玛莎只敢吃看着眼熟的食物。当斯特曼走到身边时，她夹了一块看上去没什么问题的小餐包。

"银河联盟那边的情况如何？"

"你知道的，"玛莎回答道，"一如既往。"

"这么糟糕吗？"斯特曼看上去一脸严肃。

玛莎不确定对方是不是在开玩笑，只好笑着咬了一口餐包。她好像从未看到斯特曼笑过，也许是因为他的脸无法做出那个表情。"谈判进行得如何？"她发现面包屑喷到了斯特曼的西装上，于是赶紧补了句"抱歉"。

他毫不在意地拍掉面包屑，"一如既往。"这次，玛莎确信自己看到他的眼睛抽动了一下。也许他真的在开玩笑。

在他们对面，奥罗将军和博士正聊得火热。玛莎不确定他们在讨论什么，但从只言片语中听到了两人对水松露的称赞。她心想，自己还是和斯特曼聊天好了。

"等你习惯了就会喜欢吃的。"一个声音从玛莎的身后传来。

她转过头，发现首席大臣切克斯也加入了他们。"我觉得自己习惯不了。"她对他说，"抱歉。"

不知怎的，这个泽若玛人虽然比玛莎高出一大截，但并不像奥罗将军那样令人害怕。"没关系，不必勉强自己。"他和蔼地说,"我觉得你的朋友很有礼貌。"

"就算是外交手段,也做过头了。"斯特曼说。

切克斯的头上下晃动,嘴里还发出一种有节奏的隆隆声,玛莎觉得应该是他的笑声。"我也一直没有吃习惯。"他说,"不过,在类似的场合,我也会像博士一样假装喜欢的。"他转向斯特曼,"正如你所说的,这些都是外交手段。跟我说实话,如果我在赔偿条款上做出一定的让步,卡萨博夫人会不会同意放弃第五项条款?"

"她也许会同意这项提议,"斯特曼说,"前提是你愿意重新考虑关于甘曼崔隆平原的移民问题。"

切克斯点点头,"我愿意重新考虑。也许,我应该趁将军还没注意,现在就和她谈一谈。"

"你认为他不会同意吗?"玛莎问道,尽管自己并不知道他们在说什么。

"奥罗将军从不让步。"切克斯说,"一切妥协都被他视为投降。"

"那他为什么会来这儿?"

斯特曼回答道:"也许,他认为与其冒险让一方取胜,不如让双方都投降。"

"抑或是,"切克斯说,"他年纪大了,已经没有力气打仗了。反正我知道自己就是这样。抱歉,恕我失陪一下。"他缓慢地挪到卡萨博夫人身旁,后者正和德福伦小声地说着话。玛莎心想,切克斯虽然看上去体型庞大,但却显得弱不禁风。她想知道泽若玛人的寿命有多长,便转身询问斯特曼。

他还没来得及回答,一个男人就走进了房间。他又高又瘦,头发灰白,顶发稀疏,走路的时候还弓着背。他贴着墙面缓慢行走,好像在竭力避开长桌上的食物。

"看来他已经尝过水松露了。"玛莎小声地对斯特曼说。

"索罗丁教授一直都是这个样子。"斯特曼告诉她。

"他就是研究镜子的那个人?"

"专门研究各种古董,至少他是这么告诉我们的。"斯特曼冲他喊道,"教授,来见见米老鼠女士!"

"我叫玛莎。"她迅速纠正道,然后朝教授伸出了手,但对方直接无视了。

"我没空。"索罗丁不耐烦地说,看上去一脸焦虑,"我有一些关于镜子仿制品的问题要找奥罗将军,但他看上去……"他停下来望向奥罗将军,后者还是在跟博士聊天。就在此时,两人同时爆发出大笑。"很忙。"索罗丁最后说。

"真不错!"博士大声地说,"非常棒!你有没有听说过一个叫诺埃尔·科沃德[1]的家伙?他有趣极了。"

---

1. 诺埃尔·科沃德爵士(1899-1973),英国演员、剧作家、流行音乐作曲家,因影片《与祖国同在》获得1943年奥斯卡荣誉奖。

这时，奥罗将军将一只爬行动物的手搭上博士的肩膀，带他离开了长桌。

"你觉得双方能够促成和平吗？"博士问道。现在，他已经尝过有生以来最恶心的食物，跟奥罗将军打破了沉默，觉得自己有资格切入重点了。

将军思索片刻，回答道："目前为止还可以，但整个过程必然持续很长时间。"

"这种事情总会耗时。不过，时间会让记忆消退，伤口愈合。在过去二十年里，你们已经取得了很大的进展。"

"双方都走出了很远的距离，无法全身而退了。"奥罗将军赞同道，"但这也让风险大大增加。"

"我觉得卡萨博夫人不会放弃谈判，转而召集军队。"博士一边说，一边向房间另一头的老妇人招了招手。

"安瑟姆人派了斯特曼过来，以确保她不会做出太多让步。"

"而泽若玛人则派出了你。"博士指出，"一名军人，而且毫无疑问还是久经沙场的将军。"

"毫无疑问。"奥罗低声说，"我承认斯特曼和我是同一种人，我们都看重力量和权力，可能都向往过去那种简单的日子——在战场上只有彼此。"

"那种日子虽然简单，但并不安稳。"

"和平并非自然状态,也不能确保绝对安稳。"奥罗说,"战争反而更好,因为你了解敌人是谁,清楚威胁从何而来。停战状态虽然不够安稳,但有时候比投降要好。"

"你认为谈判就是投降?"

"谈判的目的是让双方都放弃一些东西,这也是我们来这里的原因。"

"是的,"博士说,"但这件事难道与信任、友谊和让宇宙变得更好一点关系都没有吗?"

奥罗轻笑一声,一串唾液从吻部滴落,"正如我所说的,博士,我之所以来这里,是因为我相信自己在做正确的事情,在为我的人民谋求最好的结果。"

"你的人民?"博士挑起了眉毛。

"一种措辞罢了。"

"如果双方真的达成了和平协议,"博士说,"我猜你会为了人民放弃很多东西。"

奥罗的深红色眼睛仔细端详了博士一会儿。他转过身,指着长桌尽头那面占据了巨大空间的镜子说:"我已经用实际行动表明了自己的态度。那面镜子是致命魔镜的仿制品。"

"镜子令人印象深刻。"

"当年,我的曾祖父率领突击队夺取了绝境城堡。他烧毁镜框,打破镜面,将碎片全都扔进了太空。这样一来,镜子就再也无法复原了。"

"但还是有人制造出了仿制品。"

"他的儿子——也就是我的祖父——仿制这面镜子以作警示,让我们永远都不要忘记毁灭是为了创造。战争必须带来一些好处,否则就辜负了付出的代价。战争要创造出权力、领地、财富……"

"和平?"博士提议道。

奥罗转向博士,布满鳞片的巨大脑袋缓慢地前后晃动,"当然也包括和平。"他看向博士身后,眨了眨眼,"看来索罗丁教授大驾光临了。博士,你说聪明人为什么都很无聊?你要是足够聪明的话,可以告诉我其中的原因吗?"

"我不确定。"博士转过身,看着那个弓着背的男人缓慢地走向门口,"但有一件事我很清楚。"

"什么事?"

"那就是作为一个聪明人,我是个例外。请你帮我拿下盘子可以吗?"博士说着,把空盘子塞到奥罗手里。然后,他跳上长桌,在餐盘之间蹦来蹦去,从桌子另一端跳了下去。"我一点也不无聊!"他回头朝奥罗大喊。在教授离开之前,博士一路小跑追上了他。

"你总是表演节目吗?"博士跑过来后,索罗丁戏谑地问。

"经常如此。不过,我只是想过来打个招呼。你是索罗丁教授，对吗？我读过你写的关于安瑟姆人起源与漂泊的论文。非常了不起，写得真棒。不过，有关克兰瑟斯的那段完全搞错了，我的意思是，你在想什么？那段究竟有什么用？"

索罗丁脸上的表情没有出现任何变化，"你到底想说什么，博士？"

"哦，你听说过我？"

"刚听说。你发表过论文吗？"

"当然，有的被翻译成了其他语言，有的都绝版了，什么情况都经历过。说到这个，我想请教你一件事。"博士从外套口袋里拿出那本玻璃书，小心翼翼地翻开脆弱的书页，将它展示给索罗丁看。

"你是从哪儿得到的这本书？"教授轻声问。

"从城堡的一块石板后面找到的。很有意思，对吗？我想，你能不能告诉我关于这本书的一些事情？"

"你凭什么认为我知道这种事？"

"因为你不仅聪明，而且还是研究绝境城堡的专家。"

索罗丁瞪了博士一眼，然后从他手里小心地拿起玻璃书。他仔细检查着上面的符号，"这些符号是成系统的，应该是某种文字，但我从未见过。"

"会是某种密码吗？"

"很有可能。"

"我倒是擅长破译密码,但这些……"博士把书拿回来,手指拂过一行神秘的文字,"总给我一种它不属于这个世界的感觉,仿佛超出了时空的界限。"

"为什么这么说?"索罗丁不紧不慢地问。

"哦,没什么,我只是随口说说。"博士咧嘴一笑,"谢谢你,那就不耽误你的时间了。"

"没关系。"索罗丁说,"如果你了解到更多的细节……"

"怎么了?"

"我会很感兴趣的。"

博士沿着长桌走回奥罗身旁。"你说得对。"他说,"我不确定他是不是聪明人,但确实很无聊,如同沟渠里的死水一般乏味。对了,还有水松露吗?是不是我们刚才已经吃完了?"

首席大臣切克斯正准备离开房间,却听到了一阵敲门声。他放下文件,打开门,惊讶地看着站在门外的那个人。

"有什么可以帮你的吗?"切克斯问。

"我找奥罗将军。"那个人说,"我想跟他报告一下,事情有了一些……进展。"

"什么样的进展?将军已经去谈判室了,我也该过去了。"

"那我能跟你谈谈吗?"

"任何你想告诉奥罗的事情都可以告诉我。"

"这么说,你知道将军的计划?"

"计划?"切克斯眯起了眼睛。

"关于那面镜子的计划。现在的问题是,计划不像将军以为的那样可行。我清楚这一点,因为我自己就是活生生的例子。一切都岌岌可危,如果他坚持继续下去,就必须……"那个人看到切克斯露出困惑的表情,犹豫着停了下来,"你完全不知情,是吗?"

"是的。"切克斯回答道,"但我觉得你最好告诉我所有事情。"

"不行。"那个人转身就走。

切克斯按住那个人的肩膀,将他拉回房间。"告诉我,"切克斯说,"我明白将军对这场谈判存有自己的想法,但和平是我们——泽若玛人和安瑟姆人——唯一的希望。"

那个人挣脱出来,"放开我!我只会跟奥罗谈这件事,你这个老傻瓜。你根本不知道我是谁,也不知道自己在做什么。另外,你真的认为和平——或者说投降——是唯一的希望吗?"

"是的。"切克斯轻声说,"不过,什么叫我根本不知道你是谁?"

"我的名字叫萨斯崔克。"那个人说。

切克斯倒吸一口冷气,踉踉跄跄地向后退了一步,"这不可能!你怎么可能是他?"

"奥罗没有把你牵扯进来是对的。你又老又弱,脑子糊涂。要我说,和平是不会到来的。"

"一定会来的。"切克斯向前踏出一步,伸出手掌,"你得跟我去一趟谈判室。"他一把抓住萨斯崔克的胳膊,"让奥罗亲口解释一下这个计划。"

"放开我!"那个人挣扎起来。

萨斯崔克用力扭动胳膊,但始终被牢牢抓住。"我说了,放手!"他想推开切克斯,但后者依然紧抓不放。

切克斯的爪子已经刺破了那个人的衣袖,但奇怪的是,袖子里面的东西似乎坚硬无比。

那个人再次用力推了切克斯一把,结果两人一起倒在了地上。萨斯崔克的胳膊碰到桌面,把桌上的文件甩得到处都是。

然后,那条胳膊被桌子撞碎了。

那个人难以置信地举起自己的断臂。"你做了什么?!"他大叫道。那只断手躺在切克斯身旁,还反射着光线。手腕的裂口参差不齐,十分锋利,尖锐的碎片像纤细的骨头一样杵了出来。

接着,那个人用断臂朝首席大臣狠狠地捅了过去。断臂穿破外衣,刺入了那副冷血的身体里。

谈判室内,大家都听到了从外面传来的一声惨叫。有那么一会儿,整个房间一片寂静,所有人都一动不动。

然后，斯特曼和博士同时反应过来，立刻向门口冲了过去。

"是切克斯的声音。"斯特曼边跑边说，"在这边。"

玛莎追了过去，看见他们站在泽若玛人的房间门口，房门大敞。

"交给你了，玛莎。"博士轻声说。

她绕过博士，在切克斯身旁跪了下来。在这种情况下，兽医可能会更合适，因为她不知道关于爬行动物的任何知识。但是，她必须竭尽所能抢救这个失血过多的泽若玛人。

就在玛莎摸索伤口，努力止血的时候，切克斯呼出最后一口气，头垂到了一边。

"哦不！"卡萨博夫人站在门口说，"他是不是……"

"我很抱歉。"玛莎木然地说，声音失去了任何感情，"我们来得太迟了。"

她正准备从尸体旁起身，突然看见有什么东西从伤口处露了出来。为了不被锋利的边缘划伤，她用手绢小心地把它拔了出来。

"这是什么东西？"德福伦问。

"玻璃碎片。"博士说。

玛莎点点头，"但为什么要用玻璃杀人？"

"杀人？！"德福伦的音调一下子提高了，"还发生在我主持的和谈会议上？这一定是场意外，只不过有些荒谬疯狂。"

"我对此深表怀疑。"博士说着，在玛莎身边蹲下来，仔细查看那块锋利的长条玻璃碎片。

"为什么？你怎么知道这是蓄意谋杀？"德福伦问。

"因为城堡里的武器探测装置无法识别出玻璃制品。"斯特曼小声地说。

大家一言不发，全都盯着地上的一大摊鲜血、玻璃碎片和那具尸体。然后，一阵急速的脚步声响了起来，听起来像是一个小孩飞快地跑出了房间……

5

"盯着这里。"博士小声地对玛莎说。

"你要去哪儿?"

"去找一个小姑娘!"他大声地说。

博士站起身,把门口的德福伦挤到一边,跑出了房间。

"喂!有没有搞错?!"德福伦抱怨道,似乎觉得博士的胳膊肘捅他一下比被人刺伤还要不爽。

"要不要叫霍恩巴德过来?"斯特曼提议道。他靠在墙边,一只手插在外套口袋里。

"他是医生吗?"玛莎问。

"他是厨师。"卡萨博夫人说。

"但他受过急救训练。"德福伦连忙补充道,"健康和安全部要求他学习的。"

玛莎盯着他们。"现在寻求紧急救助已经迟了,不是吗?"她说,"你们看,他已经死亡了,死因也毋庸置疑。"

"疑点仍然存在。"奥罗将军大声地说,推开其他人走进了房间。

玛莎举起那块玻璃碎片,"这就是死因,好吗?"

"那只是杀死他的凶器!"奥罗咆哮道,"而我们需要知道杀人动机。凶手是为了破坏和谈还是推进和谈?这是个人恩怨还是一场意外?到底是自杀还是他杀?"

"好吧,我明白你的意思了。"玛莎说,"但我们不能把尸体留在这里。"

"的确不能。"奥罗说,"我还要在这里工作,代表泽若玛人对这场暴行做出官方回应。"他慢慢地转过身,愤怒地盯着卡萨博夫人。

"你该不会相信——"德福伦开口了。

奥罗打断了他的话,"我只认事实,别的一概不信。现在,事实简单明了:首席大臣拒绝在一些重要条款上做出让步,于是卡萨博夫人对此感到非常失望。"

玛莎翻了个白眼,"她只是一位老妇人,怎么可能与两米多高的大块头单打独斗?你能想象吗?"

"我觉得奥罗将军指的不是卡萨博夫人。"斯特曼平静地说,"他相信——或者说怀疑——是我杀了切克斯。"

"可是你为什么会这么做?"

"有很多原因。比如,切克斯是泽若玛人,而我是安瑟姆人;比如,这么做可以改善目前的谈判僵局;又比如,我是所有人之中最强壮的那个……"斯特曼耸了耸肩,"还有,我是一名杀手。"

博士听见脚步声在走廊上回响,便一路小跑追了上去。他不确定方向对不对,但那个小姑娘一定就在前面不远处。

他转过拐角,惊讶地看到长长的走廊上根本没有她的身影。他猛地停下来,聚精会神地听着脚步声,结果只听到一个尖厉的声音说:"举高一点,波特。"

"就照你说的做,波尔。"

"够了,有点太高了,再低一点。"

两个机器人正在把一幅巨大的油画挂到走廊的墙上。它们各自托着一角,想让两端处在同一水平线上。博士把双手插进裤兜,朝它们走了过去。"需要我来帮你们看看,油画有没有摆正吗?"他问。走廊上有好几扇门,博士路过的时候试着转了转门把手,但每扇门都上了锁。

"如果你愿意帮忙的话……"波尔说。

"那就太好了。"波特接话道。

"你们相信鬼魂的存在吗?"博士一边问,一边扶着油画,让波尔用胳膊上安装的胶枪固定住画框。

"这取决于你问的是哪种鬼魂。"波特回答道。

"你相信吗?"波尔问博士。

"我不确定,"博士承认道,"但我不相信那种绑着锁链、大声哭号的白发女鬼。不过，如果你指的是可怕的回忆、个人的心魔……"

"或者扰乱思维的残存记忆。"波特说。

"抑或，一个叫作嘉娜的小姑娘。"博士轻声说。

"啊。"波尔点了点头。

"哦。"波特后退一步。

"她肯定往这个方向跑了。"博士说。

"我想，"波尔缓缓地说，"她对绝境城堡了如指掌，一定知道可以藏身的每个角落和秘密通道。"

"她绝对不是鬼魂。"波特说，故意提高了音量，"不过，我可没有看到她。"

"她没有来过这里。"波尔附和道。话音刚落，博士就听到附近传出了咯咯的笑声。

"不好意思。"波特故意用金属手掌捂住了嘴巴。

"机器人是不会打嗝的。"博士告诉它。

"你确定吗？"波尔说。

"听着，"博士飞快地说，"嘉娜没有惹任何麻烦。虽然现在确实出现了很多麻烦，但我认为她没有杀人。"

"什么？！"波尔惊呼道。

"她没有杀谁？"波特问。

"首席大臣切克斯。恐怕，之后还会出现更多命案。"

"嘉娜杀了切克斯？"波尔用怀疑的语气问道。

"不，不，不。"博士说，"不是她，是其他人干的。毕竟，她为什么要这么做呢？我得跟她谈一谈，因为我现在什么都不知道。"

"所以，她没有杀死切克斯。"波特缓缓地说，想确保自己搞清楚了状况。

"但她可能看见了凶手。"博士说，"如果真是那样，嘉娜就有危险了。"

两个机器人对视片刻，然后波尔说："嘉娜，我想你得跟博士谈一谈。"

"而且，"波特说，"博士需要你的帮助。"

墙上隐藏的一扇小门慢慢打开了。博士看见一个金色头发的小姑娘站在里面，正眯起眼睛审视着自己。她身后是一个小房间，里面有一条用作床铺的毯子、一张普通的木桌，边上还放着一把小椅子。博士心想，这里可算不上温馨。

"进来吧。"嘉娜说，"不过，你得坐在地上了。"

和谈会议暂时休会，导游都被限制在了自己的房间里。从他们的反应来看，玛莎觉得这些人似乎并不介意。两名守卫抬走了尸体，德福伦则安排波尔和波特过来打扫地面。玛莎想象得出那两个机器人肯定不太高兴。

"谢天谢地,媒体还没有赶过来。"当切克斯的尸体被盖上毯子抬出去时,德福伦感叹道。

"在此之前,他可一直都在抱怨媒体怎么还不来。"斯特曼悄悄地对玛莎说。

她看见守卫都背着枪,便问:"他们为什么可以携带武器?"现在,出事的房间已经上了锁,只剩玛莎和斯特曼站在门外。

"什么意思?"

"你说过,城堡里设有武器探测装置,一旦携带武器就会被发现。"

"守卫属于中立方,携带武器是为了防止有人袭击会场。他们在这里只是做做样子,因为在接到银河联盟的指令之前,守卫无法干涉和谈,也无法介入安瑟姆人与泽若玛人之间的争端。"

"凶手为什么要刺死切克斯,而不开枪杀了他呢?"

"哦,我明白你的意思了。"斯特曼面无表情地看着玛莎,让人捉摸不透,"每一名守卫与其配备的枪支都进行了绑定。如果枪支检测不到完全相符的DNA、汗液和心率,便无法开火。在使用之前,他们还需要获得银河联盟发出的官方授权代码。"

"所以,显然不是守卫杀了切克斯。"玛莎猜测,作为所谓的银河联盟观察员,她似乎应该知道这些情况。

"如果真的开了火,我们就可以根据子弹的信息追踪到枪支,然后追查到守卫本人。除非想被抓住,否则他们不会使用自己的武器。"

"所以,"玛莎失望地说,"任何人都有可能杀了切克斯。"

斯特曼点点头,"是的,都有可能。"

"而你刚好是一名杀手。"

他笑着说:"我过去是。那时,双方还在交战,我负责对泽若玛人采取特别措施,包括各种形式的秘密行动,必要情况下还会进行暗杀。"

玛莎摇摇头,"你怎么能那么做?"

斯特曼对她的厌恶之情没有做出任何反应,"在战争时期,那就是我的工作,而且我对此十分擅长。"

玛莎觉得不必再聊下去了。"不好意思,"她说,"我想回房间休息一下。这一切发生得太突然了。"

"待会儿见。"斯特曼点了点头,沿着走廊向谈判室慢慢走去。

玛莎朝另一个方向走去,暗自希望自己没有走错路。她在走廊尽头转过弯,停下脚步,慢慢从一数到了十,然后转身望向刚才经过的走廊。

她看见斯特曼已经折返回来,正站在泽若玛人的房间门口。他撬开门锁,左顾右盼,想确认没有其他人在场。玛莎迅速蹲下身子,躲开了他的视线。

然后,她再次望了过去,正好看到斯特曼走进房间,轻轻地关上了门。

"这是你的家吗?"博士问道,上下打量着拥挤的房间。

"城堡才是我的家,笨蛋。"嘉娜盘腿坐在简易的床铺上,把毯子抱在身前。

"当然了,我真笨。这里看上去温暖舒适,像个小窝。我一直都想要一个小窝。"

嘉娜微微一笑,"我还有很多房间,遍布城堡各处。你有吃的吗?"

博士被她问得措手不及。"呃,不好意思。"他拍了拍口袋,"什么都没有。我可以问你一些问题吗?这很重要。"

"与谋杀有关?"

"是的。"

"不是我干的。"嘉娜严肃地告诉他。

"我知道。"

"那你想问什么?"

"你知不知道是谁干的?"博士说,"你看见什么了吗?"

她摇了摇头,把毯子抱得更紧了。

"别害怕,你没有惹上麻烦。"

她转过身背对博士,"我什么也没看见。"

博士在她身边坐下,"你一定知道些什么,请告诉我吧。我愿意帮助你。"

"我不需要帮助。"说完,她把头埋进了毯子里。

"那好吧,我先告辞了。"博士走到门口,回头看向坐在床上的小姑娘。她悄悄啜泣着,脸上沾满了泪水,残留的泪痕反射着光。"你在害怕什么?"博士轻声说。

嘉娜只是看了他一眼,"镜中之人。"然后,她立刻移开了目光,"还有我的姐姐。"

"你的姐姐已经不在了。"博士告诉她,"我真的很抱歉,但事实就是这样。"

"我知道。"嘉娜倒回床上,把毯子拉到下巴的位置,害怕得不敢松手,"可为什么她又回来了?"

隔着房门,玛莎可以听见抽屉和橱柜开合的微弱响动。看来,斯特曼正在搜查房间,可他到底在找什么?

玛莎在门口犹豫了一会儿,考虑要不要敲开门问问他。"真是糟糕的想法。"她自言自语道。然后,她想到了一个好主意。如果斯特曼正忙着搜查泽若玛人的房间——老天保佑奥罗这会儿不要回来——那她刚好可以去他的房间看看。

她来到走廊上,看见波尔和波特正把油画挂到墙上,于是停下来找它们问路。

"我们知道所有人的房间。"波尔向她保证道。

"所有人。"波特重复道,"卡萨博夫人的房间就在前面,奥罗将军和切克斯大臣共用的套房则在后面。"

"那斯特曼的呢?"玛莎说。

"泽若玛人的套房可棒了。"波尔告诉她,"里面有会客厅、会议室、厨房——虽然他们不怎么做饭——和多间卧室,还有独立卫浴。"

"是的,我相信他们的套房很棒。斯特曼的房间在哪儿?"

"我记得切克斯喜欢做热巧克力。"波特想了一会儿说。

"再也不会了。"波尔指出,"对了,还有索罗丁教授。他没有跟代表挤在一起,而是住在——"

"斯特曼的房间在哪儿?"玛莎恼怒地重复了一遍,"我只想知道这个!这又不是什么复杂的问题。"

"你想知道斯特曼的房间在哪里?"波特说。

玛莎点了点头,没再吭声。

"那你怎么不早说?沿着这个方向往前走,过了岔路口之后右边第二个房间就是了。"波尔告诉她。

"谢谢。"

"但他现在不在房间里。"看见玛莎走了过去,波特喊道。

"而且房门上了锁。"波尔补充道。

"我能搞定。"玛莎告诉它们,接着就后悔自己说漏了嘴。不过,它们应该不会猜到她要做什么。她很安全。

"你只要使劲捶一下钥匙孔下方,"波尔在她身后大喊道,

"门就啪地打开了！我们一直打算修那扇门来着。"

"维修工作已经安排在了下周。"波特接着说。

"我没兴趣，不想听！"玛莎捂着耳朵跑远了。

"你确定是下周吗？"波尔问。

玛莎的身影已经消失在了走廊上。

过了一会儿，墙上隐藏的小门打开，博士从里面走了出来。他冲波尔和波特微微一笑，手指敲了敲门牙，沿着走廊离开了。

"你的朋友往另一个方向去了。"波尔说。

博士并没有在听，而是回想着嘉娜刚刚说的那些话。这个可怜的小姑娘似乎无法分清现实和幻想了。"原来如此。"他说着，继续往前走。

他转过拐角，差点撞上迎面走来的人。"哦，你好。"他说，"你看到玛莎了吗？"

"她往那边走了。"斯特曼说，指着博士正在行进的方向。

"谢谢。"博士继续向前走去。

玛莎听到钥匙插进门锁的声音，整个人都僵住了。她刚刚走进房间，连书桌都还没来得及检查。斯特曼的房间虽然有书房、厨房和卧室，但没什么藏身之处。从一扇巨大的椭圆形窗户望出去，可以看到被人造日光照得通明的花园。窗户两侧挂着厚重的窗帘。

玛莎急忙躲到窗帘后面,让层层叠叠的布料挡住自己。透过窗户的倒影,她看到斯特曼走进房间,困惑地检查了一下钥匙,一只手仍插在外套口袋里。她不确定自己有没有看到他把手拿出来过,也许,他只有一只手。

斯特曼把钥匙放在桌上,走进了厨房。她听见了水流声,也许是他在倒水喝。

玛莎从窗帘后面悄悄地挪出来,踮着脚尖走向门口,看见房门还留着一条细缝。没问题,她心想,我可以在他回来之前溜出去。

"你在这里做什么?"斯特曼站在她身后说。

玛莎立刻僵在了原地。她缓缓转身,看到斯特曼正盯着自己,那只手依然没有拿出来。有问题。

"我在……"玛莎紧张得不知道说什么,"我以为你在房间里,所以就直接进来了。房门是开着的。"

斯特曼犹豫了一会儿,脸上的表情还是一如既往的难以捉摸。玛莎以为自己没事了,结果听到他说:"不,房门没有打开。虽然门锁不太好用,但还能关上。"

"我看到你在搜查切克斯的房间。"玛莎转而指责道。

"是的,没错。但现在需要找借口的人可不是我,对吗?"

"为什么?"

他没有回答,而是把手拿出了外套口袋。原来,他的手里握着一把枪。

玛莎倒吸一口冷气，突然意识到斯特曼在和别人讲话的时候，一直拿枪指着他们。

这是一把透明的枪，内部的机械构造和匣内的子弹都能看得一清二楚。

"武器探测装置无法识别出玻璃制品。"玛莎反应过来。

然后，斯特曼笑了起来。

有人在跟踪博士。他听见了沉重的脚步声，明白不是嘉娜在跟着自己，况且那个小姑娘也不会在意被人发现。不管那个人是谁，动作都十分小心。

博士找遍了两个人的房间，都没有发现玛莎的身影。他准备去主厅找一找，接着是谈判室。快要到达主厅的时候，博士突然躲进了壁龛中。他身后的脚步声犹豫着停下来，但很快又加速走了起来。那个人一定害怕把博士跟丢了。

博士紧贴墙壁，等那个身影走过去后踏出了壁龛。他走回光亮处喊道："你是在找我吗？"

一位修士停下脚步，转过身，兜帽遮住了整张脸。

"我知道你穿着制服不能讲话，但我确实有几个问题想问你。"博士慢慢地走向修士，"你一直都在跟踪我，对吗？你可以点头或者摇头来回答问题，这样就不用打破任何规矩了。"

兜帽微微动了一下,一个沙哑苍老的声音传了出来,勉强能让人听见:"那本书在你那里吗?"

博士愣住了,"什么书?"

"我看见你拿到了。"

"哦,是的。"他从口袋里掏出玻璃书,"你说的是这本书吗?"

"好好读一读。"修士压低声音说。

"好的,但问题是——"

"好好读一读,博士!"

"要是我读得懂就好了。这本书是用某种密码写成的。"

"镜像倒写。"

"对啊!"博士用手拍了拍脑门,"我怎么这么笨!"接着,他翻开书说:"不过,这可不是什么镜像倒写,你以为我会不知道吗?列奥纳多[1]的镜像倒写都是跟我学的,我还教他用左手写字呢。"

修士轻笑一声,"你可以借助那面镜子。"

"哪面镜子?能够折射特定光线的镜子吗?"

"这重要吗?"

"重要吗?"博士大笑道,"当然重要。如果真是那样的话,

---

1. 列奥纳多·达·芬奇(1452-1519),历史上最著名的艺术家之一,手稿以镜像倒写出名。

这本书可就太了不起了,可以被称为天才作品。"他低头翻看薄薄的玻璃书页,"不过,首先要怎么破译它呢?"

没有人回答。

博士抬起头,这才发现那位修士已经不见了,只剩他自己站在走廊上。

"真是个不善言辞的家伙。"博士嘟哝着快步走向主厅。据他所知,整座城堡里只有一面镜子最有可能被称为"那面镜子"——致命魔镜。

巨大的房间空无一人。博士走到镜子前面,翻开玻璃书的第一页,不断调整角度。

"哦,这真是太聪明了!"他惊叹道。

在玻璃书的镜像里,原本没有意义的符号变成了可以读懂的文字。第一行写道:**我是镜中之人,这是我的故事……**

6

玛莎知道，如果不想站在原地被斯特曼开枪打死，自己就不能停下来思考。斯特曼是职业杀手，而且绝对不会失手——他知道玛莎清楚这一点。

她没有犹豫，立刻冲向门口，希望自己出其不意的举动能够快人一步。

玛莎跑出房间，沿着走廊艰难前行。她以为自己会听到一声枪响，感受到子弹击中身体的疼痛。可是，什么也没有发生。

摔门声从她身后传了过来，接着是沉重急速的脚步声。玛莎知道，一旦斯特曼追上来瞄准她……

她转过拐角，在走廊上大口大口喘着气，心脏怦怦直跳。斯特曼看上去很结实，但跑起来会有多快？她停下脚步，试着扭了扭门把手，却发现上了锁。于是，她只能继续往前跑。

"赶时间吗？"波尔看见玛莎跑了过来，大喊道。两个机器人依然在那里挂油画。

"他有……一把……枪！"玛莎喘着粗气说，"帮帮我！"

"我可不喜欢枪。"波特说,"你最好躲起来。"

"我的防卫装置很多年前就坏了。"波尔伤心地说。

"躲到哪里?你们能拖住他吗?"她急切地说,"能不能帮我争取一点时间?"

波特的圆脑袋微微歪到一边,"然后被他击中吗?你是在开玩笑吧?"

"我不是在开玩笑!那就不劳你们费心了。"玛莎继续跑了起来。

这时,波尔扶着墙上一扇隐藏的小门低声说:"快进来!"然后,它朝里面看了看,补上一句:"抱歉,嘉娜。"

玛莎来不及问门是怎么打开的或者通往哪里,便一头钻了进去。

她倒在地上喘着粗气。门在她身后关上,房间里的光线渐渐暗了下来。玛莎坐起身,看了看四周,仍然有点儿上气不接下气。在这间小小的密室里,几条毯子堆在简易的床铺上,一个金色头发、皮肤苍白的小姑娘正坐在上面。

"你很滑稽。"嘉娜说。

原来,玻璃书是一本日记,记录了镜中之人的一生,或者说,一部分人生。突然之间,很多事情都变得清晰起来,冰冷易碎的玻璃书页上那些无法辨认的符号也变得有意义了。

当德福伦进来的时候,博士正读到有趣的部分。他透过镜子看见那个男人站在门口,好像不太确定自己是否要进来。

"你看到玛莎了吗?"博士问道,"我以为她往这边来了。"他合上日记,把它放回外套口袋里。

"没有。"德福伦回答道,"我没看见。"他缓缓走向博士,"我可以和你说句话吗?"

"当然可以,想说哪句都行,比如蛋白酥很好吃或者栽跟头很滑稽。"

不过,德福伦并没有心情开玩笑。"我向银河联盟提交了一份报告,"他说,"汇报了这场……意外。"

"没问题。"博士点点头,接着意识到了什么,"哦,你提到我和玛莎了,对吗?"

"对。我提议说没必要派司法部的官员过来,因为这里已经有银河联盟的观察员了。"

"然后银河联盟告诉你,他们从未听过我俩的名字?"博士难过地摇了摇头。

"银河联盟声称,他们会派遣两名特别探员和布兰奇上校的部队过来,虽然后者的权力有限。但当我提到你们早已到达这里的时候……"他无奈地摊开双手。

"说实话,我们经常碰到这种情况,都懒得解释了。"博士环顾四周,好像在确认这里只有他俩,"毕竟,我们又有什么办法呢？像你这样的聪明人一定明白这一点，我们相信你能保守住这个秘密。"

"呃……"德福伦一时语塞。

"想想看，玛莎·米老鼠和唐老鸭博士？这就是他们能想出来的化名吗？有时候，我们也很绝望，真的。"

"呃，"德福伦说，"确实。"

"不过，"博士继续说，"之所以出现这种情况，是因为我们正在参与机密行动。"

"机密行动？"德福伦瞪大眼睛，惊恐地说。

"地下活动和卧底任务，你懂的。所以，我们得小心行事。"

"是的。"德福伦半信半疑。

"我们知道你值得信赖。事实上，在出发之前，我就跟秘书长提起过你。"

"真的吗？"

"可不是嘛！我说，泰迪啊……"

德福伦皱起眉头，"她的名字叫卡娜斯塔·温特伦。"

"当然了，但我一直都叫她泰迪，从我们读书那会儿开始的。"

"可她已经八十多岁了。"

"活到老学到老嘛。你知道她以前当过老师吗？总之，我跟她说你是一个务实的好人。我们希望你能理解卧底行动的重要性，从而谨慎行事，不让其他人知道我们的任务。我们也很乐意让你知道真相,相信你一定会竭尽所能帮助我们。"

"抱歉,"德福伦一脸困惑地说,"我没想到会是这样。所以,你们究竟是什么人?"

博士拍了拍鼻子,"必要时才会告诉你。"他悄声说,"你知道的信息越少,泄露的东西就越少。"

"我已经让导游回到自己的房间了,同时也为卡萨博夫人和奥罗将军配备了守卫。我看得出来,奥罗将军对这样的安排不是很高兴。不过,你真的认为还有危险吗?"

"切克斯死了。"

"难道有人想挑起泽若玛人和安瑟姆人之间的战争?"

"切克斯死了。"博士重复了一遍,"这绝对不是一场意外。"

德福伦点了点头,看上去脸色煞白。他一屁股坐到椅子上,"有什么需要我帮忙的吗,唐老鸭博士?"

"叫我博士就可以了。你可以告诉我一些事情,虽然对你来说可能无关紧要,但实际上非常重要。"

"什么事?"

博士凑到他跟前说:"谁是曼弗雷德·格里格?"

玛莎将食指竖到嘴边,示意嘉娜不要说话。她的耳朵紧贴着门,勉强可以听到墙外的声音。

"她确实来过这里。"波尔说。

"但她继续往前跑了，"波特解释道，"那个方向。"

"她在走廊尽头往哪边转了？"斯特曼问。

"走廊尽头？"波尔说。

玛莎心想，机器人会撒谎吗？即便会撒谎，它们愿意为她这么做吗？它们是帮助她藏在嘉娜的秘密小屋里，还是为了斯特曼把她困在这里？

"不，我没看见她跑到走廊尽头。"波尔说，"你呢，波特？"

"我也没看见，波尔。"

"那么，也许……"斯特曼的声音越来越近，"我想……"刮擦墙面的声音从外面传来，难道他发现墙上隐藏的门了吗？

"往左。"波特突然说。

"什么？"刮擦声停止了。

"她很有可能往左边转了。"

"但你们没有亲眼看到。"

"没错。"波特同意道。

"但我们也没看到她往右边转。"波尔解释道，"所以，很大可能是往左。"

"如果你们看到她了，"斯特曼似乎努力控制住了情绪，"请转告她我想跟她谈一谈。"

"没问题。"波尔说。

"乐意之至。"波特附和道。

"所有人都知道曼弗雷德·格里格与致命魔镜的故事,"德福伦说,"但你最好去找索罗丁教授,他是这方面的专家。"

"哦,"博士听上去似乎很失望,"可我更希望听你说。索罗丁教授可无聊了,但你不一样。你是外交官和演说家,可以让死板的语言活泼起来。"

"哦,非常感谢。"德福伦清了清嗓子,"据说,曼弗雷德·格里格是肯代尔·潘纳德的参谋长。"

"而肯代尔则是……"博士催促道。

"安瑟姆国务重臣,同时也是绝境城堡的总督。"

"这一点我们都很清楚。"博士赶紧附和道。

"众所周知,在一百多年前,正是格里格为潘纳德出谋划策,才帮助安瑟姆人重新夺回绝境城堡。他非常聪明,真的,聪明绝顶。"

"我喜欢聪明人。"博士表示赞同。

"作为感谢,潘纳德将致命魔镜送给了格里格。"他指着那面镜子仿制品说,"格里格深受感动,也十分感激。"

"我想也是。你继续说。"

"然而,格里格并不知道自己被潘纳德骗了。后者嫉妒格里格的智慧,担心自己会被他取而代之。尽管没有任何证据表明格里格展露出了野心,不过我猜……"德福伦考虑了一会儿,然后继续说，"怎么说呢，他终归是政治家。"

"当然了。"博士大笑道，"谁听说过没有野心、心思单纯的政治家呢？"他注意到德福伦脸上的表情，立刻收起了笑容，"不好意思，我只是开个玩笑，你继续说。"

"致命魔镜由卡拉古拉的暗黑工匠打造而成。"

博士吹了声口哨，"他们还是有点本事的。潘纳德肯定为此花了不少钱，估计得有一袋半的金币，甚至两袋半。"

"也许吧。曼弗雷德·格里格并不知道这面镜子是一个陷阱，还把它挂在了那里。奥罗将军提供的仿制品和那面镜子摆放的位置一模一样。城堡为此举办了盛大的宴会，以庆祝胜利并表彰格里格的功绩——至少他是这么以为的。"

"'至少他是这么以为的'这句话总是预示着不好的事情，"博士颤抖了一下，"让人不寒而栗。所以，格里格最后一定很震惊吧？"

德福伦点点头，"他本以为自己会被嘉奖，但没想到的是，潘纳德突然指责他是叛徒，声称他打算将安瑟姆军队出卖给泽若玛人。士兵冲了进来，逼得格里格连连后退，但他无路可逃了。"

"除了……"博士若有所思地说，"逃到镜子里。"

"传说，如果调整到特定角度，致命魔镜将反射出一个与现实相似的镜像世界，一个超越时空的暗黑国度……"德福伦摇了摇头，"剩下的我就不记得了，但你应该听明白了。"

博士盯着那面镜子仿制品，"明白。暗黑工匠可以重塑宇宙，从而打开通往其他世界的传送门，至少传说是这样讲的。我没想到他们会把镜子变成传送门。"他轻轻敲了敲镜面，朝上面哈了口气，又抹去凝结的水雾。

"所以，潘纳德把格里格骗入镜子，然后把他困在了里面。"博士说，"这背后一定还有更复杂的原因，否则潘纳德直接杀死他就可以了。无论如何，潘纳德最后切断了传送门的开关，格里格从此成了镜中之人。"

"而致命魔镜也变成了一面普通的镜子……"德福伦说。

"直到泽若玛人把镜子摧毁了。"博士说。

德福伦点点头，"因为他们害怕格里格从镜子里逃出来。总有一天，他会打败泽若玛人，推翻第三次攻城战。"

"所以，这面镜子只是仿制品。"博士轻声说。

"没错，一面普通的镜子。"

"但这面普通的镜子，"博士小声地说，"却能翻译曼弗雷德·格里格的日记。"

现在，什么声音都没有了。玛莎希望斯特曼已经离开了，但以防万一她决定再多等几分钟，然后出去看看外面的情况。

"你是在躲什么人吗？"嘉娜一脸好奇地问。

"对，我就躲一会儿。"

"我也经常躲起来,这里是我的藏身之所。"

"他还带着枪。"

"守卫都带着枪,"嘉娜一脸不屑地说,"但没什么用。没事,我不会介意的。你可以躲在这里,就像你的朋友那样。"

玛莎惊讶地转过身,"博士也来过这里?"

"就在几分钟前。他也很滑稽。"

"那是自然。所以,你住在这里吗?"

"这是我的住所之一。"

"那你靠什么生活?我是指,你从哪儿获得食物?"

嘉娜难以置信地看着玛莎,"当然是厨房了。不然还能从哪儿得到食物?"

"你就这么直接拿走吗?"

"对。厨房里的员工都认识我,会主动给我吃的。以前,我偶尔会和姐姐一起去厨房帮忙。"她扭过头说,"但现在不会了。"

"我听说了你姐姐的事情。"玛莎轻声说,"抱歉。"她在考虑要不要坐过去给小姑娘一个拥抱,但那样做会不会吓到她?

"抱歉什么?"嘉娜问道,"抱歉她不在了,还是她又回来了?"

玛莎想起高福曾经说过,小姑娘的脾气阴晴不定。于是,她慢慢地说:"我想,也许我在庭院里见过你的姐姐。"

嘉娜叹了口气,"你看见的是我。"

"可她很粗鲁，没有礼貌。"

"是的，我偶尔也会那样，对不起。"

"你平时也会这样吗？"玛莎坐到小姑娘身边说，"觉得自己被她取代了？"

嘉娜立刻挪远了，"你疯了吗？"她的眼睛睁得大大的，"还是说你觉得我疯了？"

"不，当然不是。"

"她已经死了。高福在花园里发现了她……"小姑娘摇着头，眼泪汪汪地说，"他目睹了整个过程，所以现在才会对我这么好，还给我送吃的。"

"好吧。"玛莎说。她不知道自己还能说些什么，只好握住了嘉娜的手。小姑娘没有抵触，让她松了口气。

"可是，高福为什么要这么做？"嘉娜突然大哭起来，用手抹掉眼泪，"我以前一直捉弄他，惹他生气，但他现在却对我这么好。为什么？"

"也许是因为他可怜你。"玛莎感觉眼泪快要涌出来了。

"他以前总是生我的气。"嘉娜摇着头说，"现在却这样对我。另外，她也回来了。"

"你说'她也回来了'是什么意思？"

"姐姐回到城堡了，还一直跟着我。我看见她躲在阴影里，还听到了她的脚步声。我的一些秘密基地连波尔和波特都不知道，却被她找到了。我进去之后,发现里面的东西都被人动过。"她睁大双眼,声音发颤,"可她不是已经死了吗?"

玛莎只是摇了摇头。如果告诉嘉娜她只是在幻想,对她也没什么好处。可是,万一她没在幻想呢?万一她真的被死去的姐姐缠住了呢?

就在这时,门打开了。斯特曼站在门口,一只手插在口袋里。

"抱歉花了这么久才把门打开。"他说。

"你是怎么找到我们的?"嘉娜质问道。

"波尔和波特告诉我的。"

"所以,"玛莎说,"机器人不会撒谎。"

"不,它们会撒谎。"斯特曼说,"只是不太擅长。"

7

博士观察镜子和翻看玻璃书的模样,以及听完曼弗雷德·格里格的故事后的反应全都被他看在眼里。他担心起来,这个叫博士的人可能会带来麻烦。计划绝不能冒任何风险。

等德福伦和博士离开后,他偷偷溜进了主厅。这里一个人也没有,所以他不必担心角度问题,也没必要躲着镜子走了。

他一边托着断臂,一边将镜子稍微拉开,在镜框后面摸索镜子的开关。由于年代久远,开关都有些老化了,但他清楚自己应该怎么做。他用断臂支撑起镜子,然后设置好了开关。

博士低着头走在路上,双手插在裤兜里。

"即使他们想派人来接替首席大臣切克斯,"德福伦说,"也已经来不及了。"

"为什么这么说?"

"泽若玛人的军队与政治家之间的关系一直都很紧张。切克斯是公认的折中派,也是一位拥有打仗经验的政治家,虽然那都是很久以前的事了。"

"看来是政治家赢了。"博士若有所思地说,"这不一定是件坏事。"

"确实。"德福伦赞同道,"但军队很愤怒,所以坚持派出奥罗将军当他的副官。"

"奥罗将军是强硬派吗?"

"当然。"

博士点点头,"切克斯一死,奥罗便是最佳人选。他不仅果断强硬,充满决心和毅力,而且还占据着道德高地。"

"别忘了,他还很凶残。"德福伦压低声音说。

"哦?"

"他曾率领军队攻占曼达拉,我们都知道那里后来发生了什么。"

他们快要走到谈判室了,门口的守卫急忙立正行礼。

"是的。"博士说,"结局非常……糟糕。好吧,得加上凶残这一项。可是,现在依然存在一个很大的问题,一个闪闪发光、巨大无比、非同寻常的问题。"

"什么问题?"德福伦停下了脚步。

"他为什么要赠送致命魔镜的仿制品?"

"他解释说赠送镜子是一种友好的表示。"

"但我们刚刚得出结论,认为奥罗并不可能展现出友好的一面。所以,你觉得他为什么会突然改变本性?或者说,这只是鳄鱼的眼泪？"

谈判室里鸦雀无声，人们仍沉浸在震惊和悲恸之中。奥罗将军和卡萨博夫人的身后各站着一名守卫。

"有人看见玛莎了吗？"博士坐下来问道。

卡萨博夫人摇了摇头，奥罗将军则一脸冷漠。

"没有吗？"博士说。

德福伦回到自己的座位上。"斯特曼去哪儿了？"他说。

小姑娘因为愤怒而全身发抖。"你敢冲我朋友开枪试试？"她对斯特曼说。

"我不会这么做的。"斯特曼告诉她。他举起双臂，手上空空如也。

"他刚才确实拿着枪。"玛莎警惕地说。

"是的，但我并不打算冲你开枪。"

"你说什么？难道你只是举着枪耍帅吗？城堡里不能携带武器，你很清楚这一点。"

"难道你真的认为奥罗就没带什么自我防卫的东西吗？"

"反正切克斯没带。"玛莎反驳道。

"我有充足的理由保护卡萨博夫人。"

"还有你自己。"

"没错。"他承认道，"不过，就大局而言，我并不重要。"

他听上去十分诚恳。

"现在,我想请你们都离开这里。"嘉娜说,"我不喜欢你,"她告诉斯特曼,"你很粗鲁,还喜欢指挥别人。"

"大概是吧。"他承认道,"很抱歉,我这就离开。反正我已经找到玛莎了。"

"你不准伤害她。"嘉娜再次警告道。

斯特曼回到了走廊上。"走吧?"他示意玛莎跟着自己。

玛莎向嘉娜道了别,然后快步追上斯特曼。"所以,你为什么要追我?"她质问道。墙上的门在她身后猛地关上了。

"因为我不想让奥罗、德福伦或者卡萨博夫人知道这件事。"他说,"她不会同意让我带枪的。"

"我猜也是。所以你只是想让我闭嘴吗?"

"还想问问你为什么会出现在我的房间。"

"我告诉过你了,我是去找你——"

斯特曼打断了她,"我当时就不信,现在也不会信。"

两个人边走边说,玛莎突然意识到他们正往斯特曼的房间走去。她应该跟过去吗?虽然她对斯特曼给出的理由不太信服,但回想起来确实也有些道理。

仿佛为了让她放心似的,斯特曼对她说:"我可以相信你会对这件事保密吗?"

"应该可以。"玛莎说,"不过,你到底在切克斯的房间里做了些什么？"

"搜查，就像你在我的房间里那样。"

"找什么？"

他耸耸肩，"我想找一找有关凶手的线索和杀人动机。要知道，人不是我杀的。"

"可你是杀手。"玛莎指出。

"没错，但所有人都知道我的身份。无人知晓的杀手才是最危险的，也更有嫌疑。"

"那你找到什么了吗？任何可能的线索？"

"找到了，但是……"

"但是什么？"

"我不太确定要如何跟你解释。"

玛莎皱起眉头，"为什么？到底是什么东西？"

"东西就在我的房间里，等我拿给你看。"

嘉娜知道姐姐正跟着自己。"走开！"她冲着走廊大喊道，"你已经死了。走开，让我一个人好好待着！"说完，她听见姐姐的笑声在身后回响。

走廊另一端传来说话声，但嘉娜并不在意。她拐进小路，穿过厨房。"我得藏起来。"她自言自语道，"再也不出来了。这样你就非走不可了。"她本可以躲到主厅里，但那里不像以往那般安全了,自从上次……

在姐姐活着的时候,她们是不被允许进入主厅的。尽管不喜欢那里,嘉娜还是躲了进去,暗自希望姐姐不会找到自己。

"我是在桌子下面发现的,可能是摔下去的时候碰断了。"

玛莎从斯特曼手里接过那个东西,惊讶地发现它有些沉,"太逼真了,有点……让人不适。"

"精美绝伦,"他说,"或者说诡异怪诞,我不确定哪个词更合适。"

那是一只覆盖着涂料的手,从手腕处断开了。手上有好几个缺口,一根手指的指尖也折断了。

"我猜这可能是石膏模型,看上去就像真的一样。"玛莎说,"你觉得这是凶手留下的吗?"

"也许是凶手弄丢的,或者是从凶器上掉下来的。"

"比如一条胳膊?"玛莎提议道。

"谁知道呢?"斯特曼拿起那只断手,突然发现断裂处反射着光线,"这只手是由玻璃制成的。"

尽管过程相当无聊,但德福伦坚持要处理好所有手续,并要求泽若玛人把指派奥罗为谈判官的官方申明尽快发过来。

在等待期间,卡萨博夫人同意继续进行谈判,但奥罗将军却坚持要等所有流程都走完。

"只要我们不会等成大眼瞪小眼就行。"博士欢快地说。他让代表留下来处理各项手续,自己则跑到了玛莎的房间。可是,她依然不在那里。

于是,博士朝主厅走去,准备继续阅读那本日记。一路上,他向一名守卫点点头以示友好,又冲另一个竖起了大拇指,接着碰到了从谈判室出来的卡萨博夫人。

"跟我讲讲。"他说,"既然这里只有我们和守卫,那导游为什么还要穿着制服待在这里?"

卡萨博夫人笑道:"在和谈期间,城堡显然不会对外开放,德福伦原本建议把他们打发走或者放个假。但是工会反对这项提议,声称他这样做剥夺了导游的谋生权。"

"可是这里没人需要导览,"博士说,"何必多此一举呢?为什么不让他们围在一起玩大富翁游戏?"

"德福伦认为,既然他们仍是雇员,就必须按照平日的排班表继续工作。如果他在例行检查时发现有人旷工,就会立即解雇他们。"

博士咧嘴一笑,"真的吗?他果然很有外交手腕。难道工会没有提出抗议吗?"

"当然提过,但德福伦表示自己只会听取导游的个人意见,而且仅限当班期间。"

博士的嘴咧得更大了,"可是,导游在当班期间是不允许说话的。"

"有人写了一张便签给他。"卡萨博夫人说,"但德福伦又提出一百零五条问题让他解释,口述或手写都行。"

"那他写了吗?"

"你觉得呢?"

"换作是玛莎可能会,说不定这会儿她正帮这名导游写着呢。她一直到处乱跑,我有好一会儿没看到人了。"博士说,"斯特曼先生似乎也是如此,对吗?"

"不,他非常体贴,不会随便乱跑的。我想,他应该是被什么重要的事情给耽误了。"

"你的事情难道不重要吗?"博士说。

"到了我这个年纪,你就会懂得真正重要的事情其实很少。"

"这我也知道。"博士说,"玛莎对我来说很重要。"话音刚落,他就看见两个熟悉的身影拐到了前方的走廊上——正是玛莎和斯特曼。

"博士!"玛莎大喊道,匆忙跑到他身边,"你到哪里去了?"

"你居然还问我到哪里去了?"

"斯特曼找到了一些东西,我觉得可能——"

"很重要?"他转向斯特曼,"快给我看看!你找到了什么东西?在犯罪现场发现的指纹、一块与众不同的石头,还是奇趣香蕉的食谱？"

"奇趣香蕉？"卡萨博夫人问。

"哦，那东西可棒啦！"博士一边比画，一边解释道，"假设你有一根香蕉，先把皮剥开，小心地取出果肉，然后把棉花塞进去，最后再把皮缝起来。"

"这是食谱？"玛莎问。

"这是给想吃香蕉的人准备的。我喜欢香蕉。"越过玛莎的肩膀，他看见嘉娜蹑手蹑脚地溜进了主厅。"那个小姑娘……"他说。

博士的话还没说完，嘉娜的脑袋就从门口冒了出来。她将食指放到嘴唇上让博士闭嘴，然后又消失了。

"从前有一个小姑娘，"博士迅速改口道，"她知道'香蕉'该怎么写，但不知道笔画有多少。我可喜欢这个故事了。"他咧嘴一笑，"不好意思，我们说到哪儿了？"

"显然是香蕉。"玛莎说。

"在那之前呢？"

斯特曼拿出一个东西，"这个。"

博士把它拿在手里掂量了一下，"一只玻璃手。"他握着断手假装打了个招呼，然后仔细检查起来，"没错，绝对是由玻璃制成的。你在哪里找到的？二手商店吗？"

"有人把它丢在了切克斯的房间里。"玛莎说。

"真的吗？那他也太粗心了。"博士把它还给斯特曼，"请把手拿开吧，先生。来，还给你。"

"你觉得这只断手不重要吗？"卡萨博夫人问。

"到了我这个年纪……"博士告诉她，"谁知道呢？这只是拼图的一小部分，我们还需要更多块才能搞清楚一切是怎么回事。"他小心翼翼地拿出玻璃书，若有所思地翻看起来。

"还是读不懂吗？"玛莎问。

"哦，现在可以读懂了，但是理解起来挺困难。"他挥了挥日记，"我得去一趟主厅。是时候找出更多块拼图了。"

"他一直都像这样吗？"卡萨博夫人问玛莎。

斯特曼和卡萨博夫人先行离开了，声称要就泽若玛人指派奥罗为谈判官一事做出回应，还要对首席大臣切克斯的离世公开表达哀悼和慰问。

玛莎跟着博士走进主厅，看见他先是站在房间一侧观察镜子，然后又回到了正中央。

"镜子的作用是什么？"他问。

"镜子能够反射光线，从而让人看到镜像。我说得对吗？"

"差不多。"他承认道。

"所以这面镜子有什么问题吗？"玛莎站到博士身边，看着自己的镜像说，"天哪，我看上去糟糕透了！"

"那只是镜像,你本人看上去干净多了。"

"真是谢谢了。"

突然,博士眉头紧锁。"你盯着镜子,"他说,"如果我把它放在这里……"他把玻璃书放到主厅的边桌上,褪色的天鹅绒布从桌边垂了下来。博士小心地摆正日记,然后迅速走回玛莎身边。

"那么,"他说,"我们能看见玻璃书的镜像,对吧?"

"对。"玛莎回答道,仍盯着镜子,"确实能看见。"

"我就担心你会这么说。"

玛莎将额前的一缕碎发捋到后面,突然发觉镜子里的动作有一点延迟。难道是她产生幻觉了?

"你继续盯着那本日记的镜像……"博士说着,走回了边桌。

"好的,正盯着呢。"

"然后将你的目光往下移,移到桌子下方……"

"好的。"

"你看到什么了吗?"

从玛莎的角度,她只能看见桌子下面的石板地面和后面的墙壁。"我看到了地面和墙壁,就这些。"

"桌子底下有东西吗?"

她摇了摇头。

"如果你现在回头,就会清楚地看到……"

玛莎转过身，看到桌子底下竟然藏着一个正在偷笑的小姑娘。

她又转回来盯着镜子，那里什么也没有。"可是……这不可能。"

博士微笑着点点头，"是吗？"

玛莎再次回头，看见嘉娜从桌子底下爬了出来。她又猛地看向镜子，那里空空如也，完全看不到那个大笑着跑出房间的小姑娘。

8

博士追出房间,玛莎一路小跑跟了上去。"真是太诡异了。"玛莎说。

"一般般吧。"博士说。

"我们去哪儿?"

"去找嘉娜。"

"你想知道镜子里为什么没有她的镜像,对吗?"

"我猜她知道答案。"博士回答道,"我们有好多事情都得问她,你不觉得吗?"

玛莎没有回答。他们正沿着走廊飞奔,她跑得上气不接下气。

"哦,糟糕。"博士说。

他们在岔路口刹住脚步,眼前有三条不同方向的通道。

"她往哪个方向跑了?"玛莎喘着粗气问道。

"你试试那条路。"博士指着其中一条通道说,"我走这条。"

玛莎指向第三条通道,"那条路有什么问题吗?"

"好吧,我走那条。"

"但万一——"玛莎开口道。

"好吧,好吧。"博士拍了拍外套口袋,"硬币在哪里?"他嘟囔道。

"我们要靠掷硬币来决定吗?听上去可不怎么科学。"

博士放弃了寻找。"确实。"他赞同道,"你想要科学的方法,对吗?"

玛莎点点头,"请吧。"

"好吧。"他依次指着三条通道念叨起来,"点兵点将……好了,不是那个方向。那么,我走这条路,你走那条。"他飞奔过去,然后像是想起什么似的赶紧停下脚步,整个人差点摔倒在地。他转过身,朝玛莎喊道:"不好意思,你对这个方法满意吗?"

玛莎笑了起来,"相当满意。"

"等一下在主厅会合!"博士一边跑,一边回头大喊。

玛莎不慌不忙地走上博士帮她选择的那条通道。她对找到嘉娜并不抱什么希望,觉得博士这样积极地找事儿做只是为了维持大脑运转。就算找不到那个小姑娘,他也会想出其他计划……

断了一只手的那个人从主厅尽头的壁龛中走了出来。

他躲在阴影里听完了博士和玛莎的对话,看到他们跑出去追那个小姑娘嘉娜。他觉得他们对此过于好奇,已经知道得太多了。不过,博士还是犯了一个错误,把玻璃书落在了桌子上。他必须迅速行动，因为他们随时都有可能回来。来不及唤醒正在沉睡的突击部队了，他必须尽可能保持安静，快速地走进去再出来。然后，他便可以等待博士掉进陷阱，落到那群人的手里……

那个人一边快步穿过房间，一边留心外面的动静，但什么声音都没有。他拿起玻璃书，朝镜子飞快地走了过去——那面没有他的镜像的镜子。

他把手伸到镜框后面调整开关，然后拿着日记走进了镜中的世界。他穿过镜子的时候，镜面像稠密的银色液体一样泛起了波纹。

银河联盟的指挥官布兰奇上校正在向德福伦汇报，不过并没有什么实质性的内容。奥罗将军坚持要求在场旁听。

"我们将继续搜查城堡里的入侵者，"布兰奇告诉他们，"我们也询问了所有导游和员工。接下来，我们需要获得许可，以便搜查参会代表的房间。"

"你觉得我们也有嫌疑？"奥罗质问道。

"不是的。据我所知，意外发生时，所有代表都在谈判室里等候首席大臣。"

奥罗生气地说："意外？对你来说这只是件意外吗，上校？"

"我可以向你保证，我的部队正在尽心尽力地调查此事。"布兰奇平静地说，"我也可以称它为谋杀或者暗杀，但根据我的经验,情绪化的用词往往会造成情绪化的反应。"

"没有人质疑你的工作态度和效率。"德福伦赶紧插话道。

"不过,这样的态度和效率似乎没有产生任何积极的成效?"奥罗说。

"将军既然经验丰富,那就应该明白无用的结果也同样重要。"布兰奇冷静地说,"虽然目前暂未发现任何凶器,但搜查范围大大缩小了。"

奥罗和上校对视了一会儿,"当然了,说得没错,布兰奇上校。请原谅我刚才不耐烦的态度,我对你的能力绝对有信心。首席大臣切克斯不仅是我的同事,更是我的朋友。威斯利安战役期间,我还在他手下服役过一段时间。"

"我从未听说过这段往事。"德福伦说。

"那是很久以前的事了,甚至连切克斯自己也不一定知道。那时,我刚加入泽若玛海军部队。"奥罗说,"谢谢你,上校,你可以离开了。"

布兰奇上校向他们行了礼,然后离开了房间。虽然他和德福伦都明白奥罗无权对银河联盟的军官下令,但谁也没有说出来。

一阵脚步声回响在玛莎身后。她不想吓跑嘉娜,又担心是那位神秘修士在跟踪自己。于是,她停下脚步,微微侧身,听到了一阵轻笑。正是嘉娜的笑声。

玛莎迅速转身,却发现走廊上一个人也没有。

"我知道你在这里!"她喊道,"我能听见你的笑声,嘉娜。还记得博士吗?他想问你一些事情,与那面镜子有关。"

"什么事?"嘉娜的声音突然从走廊另一端传来。

"我还以为……"玛莎疑惑地摇了摇头。她转了回来,正好看见小姑娘从一根柱子后面走出来。

"你听见的笑声是我姐姐的。她一直跟着我,而我在跟着你。不过,姐姐已经死了,别理她。"小姑娘对着空荡荡的走廊大喊道,"我希望你马上离开!"

"没事了。"玛莎赶紧跑到小姑娘身边,紧紧搂住了她。那副瘦小脆弱的身体因为激动和恐惧而颤抖起来。"别害怕,你很安全。我会照顾好你的,我保证。不要害怕阴影,没事了。"

过了一会儿,嘉娜离开了玛莎的怀抱。她抿起嘴唇,坚定地点点头,"我当然没事,一直都很好。博士想问我什么来着?"

看见玛莎伸出手,小姑娘犹豫了一下,但还是让她握住了自己的手。

"跟我回主厅,好吗?"玛莎说。

嘉娜飞快地点点头,望了一眼走廊尽头的阴影,然后抽出手,跑到了玛莎的前面。

"那就快来,我们比谁跑得快!"

博士顺着通道来到了他和玛莎的房间。他确信自己早已跟丢，如果运气好的话，玛莎应该找到了那个小姑娘。

过了一会儿，博士发现自己正走下通往高福房间的螺旋楼梯。他一时兴起敲了敲门，但没有人应答。

"除了这群修士，这里什么人都没有。"他小声地说着，走回了楼梯口。

突然，有人顺着楼梯走了上来。灯光下，投射在弧形墙面的影子诡异地扭曲着，像爪子一样的手影伸了出来。博士立刻停下了脚步。

"谁在那里？"他语气轻松地说。

一个修士打扮的人影出现在转角处，停在了博士面前。那个人缓缓放下厚重的兜帽，露出了一张微笑的脸。

"你好，博士。"高福说。话音刚落，他警惕地四处张望，脸上的笑容僵住了。

"糟糕，"博士说，"你还穿着制服。"

"你不会告诉别人吧？"高福紧张地轻声说。

"一百万年以后也不会告诉别人。要知道，大多数人都只是随口一说，但我真的能做到。每一秒、每一分钟、每一小时——"

"谢谢。"高福低声打断了他，想让博士在谈到年月日之前赶紧住口。

"你现在有空吗？"博士倒着走回去，给高福让路，"我有事想找你帮忙。"

"没问题，什么事？"高福说着脱下制服，"他们不仅让我赔偿那件丢失的制服，"他闷闷不乐地说，"还扣了我的工资。"

"有点过于苛刻了，这又不是你的错。"博士说，"你应该告诉他们实情。如果有必要的话，我去跟他们说。"

"我们不能离开自己的房间。"高福说，"本来我要去庭院轮班，结果他们还是不允许我出门。不过我猜，跟你在一起的话应该没什么问题。所以，有什么能帮到你的？"

"反映一下。"

"你是想让我谈一下之前遭到袭击时的反应吗？"

"哦不，"博士咧嘴一笑，"不是那个'反应'。我是想看一下主厅的镜子能不能反映出你的镜像。"

这一幕实在太诡异了。

玛莎可以在镜子里看见自己的镜像，却看不见站在身边的嘉娜。她将胳膊搭在小姑娘的肩膀上，可在镜子里，她的镜像搂着……一团空气。

难道是她产生幻觉了，还是她的镜像真的带着自己没有的会意微笑？不过，玛莎又怎么可能知道呢？

"你能在镜子里看到自己的镜像吗？"玛莎问。

嘉娜摇摇头，"看不到，但我能看见你伸着胳膊，看上去傻乎乎的。"

"是啊。"玛莎同意道，收回了胳膊，"在其他镜子里，你能看见自己的镜像吗？"

小姑娘耸了耸肩，绕着长桌欢快地蹦来蹦去，显然对照镜子感到无聊了。

玛莎回过头，继续盯着自己的镜像，好像在比谁先招架不住一样。她的余光瞥到博士和高福走进了主厅。

博士停下脚步，叹了口气，"看来我的理论是错的。"

玛莎转过身来，"什么理论？"

"我以为是环境因素。"

"你的意思是，城堡周围的环境让嘉娜的镜像消失了？"

"我以为是气泡造成的副作用。"博士说，"也许是光波病之类的，我也不确定。既然镜子能把高福照得这么清楚……"博士来到玛莎身边，倾身向前望着镜子，"我的头发真像这样吗？"

"差不多。"

他若有所思地点点头，"不错，看着挺好的。你觉得呢？"他回过头对高福说。没等对方回答，他又转回来，舔了舔手掌，试着用手抹平额发，"看着还是挺帅的。"

"少臭美了。"玛莎大笑起来。

"好吧。"博士拍了拍手，"我得开始想想第二条理论了。"

他转过身，冲高福招了招手，又对嘉娜笑了笑。突然，他的笑容僵住了。

"第二条理论是什么？"高福问。

"那本玻璃书。刚才跑出去追嘉娜的时候，我明明把它留在了桌子上。"博士翻遍身上的口袋，"真的。你看到我放下的，对吧？我没有再动过它，是你拿了吗？"

玛莎摇摇头，"我也记得玻璃书是放在那里的。我没有碰过它。"

高福跑去检查桌子底下，嘉娜则停下来看着他，饶有兴致地把头歪到一边。

玛莎努力回想当时的情形，就在博士让自己看向桌子底下之前，他把玻璃书放到了主厅的边桌上。她盯着镜子，看向桌子的镜像，天鹅绒布从桌边垂了下来，石板地面隐约可见。

就在这时，她突然看到那本玻璃书静静地躺在桌子上。

玛莎猛地回头，发现真正的桌子上并没有摆放任何东西。然而，在镜子里……

"博士，"她指着镜像说，"快看！玻璃书在镜子里。"她站得离镜子很近，近到手指可以摸到镜面。她的指尖穿透镜子，在表面泛起了波纹。

"玛莎，不要！"博士在她身后大喊，立马跑了过去。镜面的波纹扭曲了博士的镜像。

可是,玛莎根本停不下来。这种感觉很奇怪,但令人无法抗拒。她身体前倾,穿过镜子,任由凉爽的镜面包裹住自己。伴随着现实撕裂的声音,她走进了镜中的世界。

博士来不及减速,一头撞在镜子上,发出了哐当的响声。他从镜子前弹开,踉跄着后退。"玛莎!"

他再次跑向镜子,不停地捶打冰冷坚硬的镜面。

"玛莎,我会救你出来的。不要动,不要做任何事。我会救你出来的!"

这里的主厅光线更为昏暗,没有高福或博士的身影,只有玛莎一个人。

她屏住呼吸,带着一种混合了惊讶、恐惧、不安和兴奋的心情,慢慢地向前走去。

当爱丽丝闯进镜中世界的时候,必须沿着相反方向才能前行[1]。但是,玛莎发现自己可以正常地穿过房间。只不过,一切动作都是反过来的。她举起一只手,却发现自己想动的其实是另一只。

"博士!"她大叫道,"这太奇怪了,你快来看!"她转过身,以为博士跟了上来,或者像隔着窗户一样站在镜子的另一边。

---

1. 出自英国作家路易斯·卡罗于1871年出版的作品《爱丽丝镜中奇遇记》,镜中世界的一切事物都与现实相反。

但是，她的身后没有镜子，只有空荡荡的壁龛和实心的石墙。

玛莎跑回去，不停地捶打墙面，高声呼喊着博士的名字，石灰粉簌簌扑落。

她被困在了镜中的世界，已经无路可回。

9

博士仔细查看镜面的每个角落,然后检查起了镜框。

"这只是一面普通的镜子,"他说,"或者不是。显然,它会把人吞进去。"

"镜子是如何做到的?"高福说,"后面只有一堵墙,玛莎去了哪里?"

"这面镜子是一道传送门,仅限一人通过。也许可以远程开启,然后自动关闭。"博士慢慢后退,若有所思地摩挲着下巴。他的镜像也做着同样的动作。"镜子里的玻璃书也消失了。"他说,"所以,现在又变成一面普通的镜子了。可我还是看不到嘉娜的镜像。"

他转过身,看到小姑娘正盘腿坐在石板地面上,饶有兴致地看着自己。

"这意味着什么?"高福问。

"这意味着它虽然看上去像是一面镜子,但却有着不同的层次。为什么会这样呢?"

高福耸耸肩,"我不知道。"

"镜子内外像投影一样保持一致。里面的东西可以来到现实世界,就像玛莎可以被吸进镜子里一样。"

嘉娜皱起眉头,"我看到有人从镜子里走出来了。"

博士在她身边蹲了下来,"真的吗?你还看到了什么?"

她看向别处,"当时我就藏在长桌底下。一个人走了进来,盯着自己的镜像……"

"然后呢?"博士鼓励她继续讲下去,"你接着说。"

"他的镜像开枪打死了那个人。"

"噢!然后,他的镜像从镜子里走出来了,对不对?"

嘉娜点了点头。

"然后呢?"

"我看见他将尸体推回了镜子里。等他离开后,我才敢出来,却发现尸体不见了。然后,我就逃回小窝躲了起来。"

博士倒吸一口冷气,"是啊,换作是我大概也会那么做。"他站了起来,"那个人是谁?"

"我不知道,但现在还是能在这里看到他。他好像是一位大人物。"

"或者说,他的镜像还在这里。"

"镜像?"高福说。

"严格来说不是镜像,而是一个完全不同的人,他只是利用那个人的外形来掩盖自己的真实身份。这面镜子可以变成通向其他地方的传送门。"

"通向哪里？"嘉娜问。

"口袋宇宙、有限空间，或者说，另一个世界。维持一个大型世界需要消耗大量能量，所以那个世界肯定很小。我在想，镜子是从哪里获取的能量，毕竟，它没有跟其他任何东西相连。"

博士小心地将镜子从墙上拉开，然后检查起了镜框背面。"找到控制开关了！"他大喊道，"不过，需要输入密码才能打开，而且键盘被人锁死了。"他退了出来，张开双臂，"一定是利用了光！这办法可真聪明。"

"用来做什么？"高福说。

"镜子依靠光来获取能量，通过吸收动能或者势能……不对，"他想了一下，"那样做会把镜子变黑的。也许是热能？"他猛地摇了摇头，又抖了抖双手，"不管了，之后再来考虑这个问题。首先，我们要把玛莎救出来。"他凑到镜子前大喊道："你能听见吗，玛莎？我一会儿就进来救你出去，我用两颗心发誓！"

"我们可以让波尔和波特把镜子砸开。"嘉娜说。

"我认为那不是一个好主意。"看到嘉娜失望的表情，博士赶紧补充道，"但还是要谢谢你。"他拿出音速起子，"我有一个更好的办法，而且没那么暴力。既然有人能从镜子里走出来，那玛莎一定也能做到。"

"你会把她带回来吗?"嘉娜说着,高兴地跳了起来。

博士咧嘴一笑,"当然。"

要说这里与现实世界有什么最大的不同,那便是没有味道。玛莎花了好长时间才发现这一点。她吸了吸鼻子,又做了一个深呼吸,但什么也闻不出来。这种感觉就像在喝蒸馏水一样。你原本以为自来水没什么滋味,但喝过蒸馏水之后,你才意识到所谓的"没什么滋味"其实混合了各种微弱的味道。

还有一种可能是,她之所以闻不出味道,是因为自己只是分裂出来的一个镜像。难道真正的玛莎依然跟博士待在主厅里?难道她要永远困在这里了吗?这个想法让她感到一阵眩晕。

"没门。"她嘟囔道。

玛莎心想,肯定有什么方法能让自己回去。她在昏暗的房间里四处张望,看到主厅的大门敞开着,外面的走廊隐约可见。

"走廊之外又是什么样子?"她一边想,一边慢慢地走了出去。

"这一切与光线折射有关。"博士一边解释,一边用鞋带把音速起子固定在镜框上,让它的顶端对准镜面。"只要找对角度就能激活系统,然后……"他后退一步,欣赏着自己的成果,"这就对了。我现在就进去,你们最好待在这里。"

"为什么我们不能在镜子里看到玛莎？"嘉娜问。

"你不也一样吗？"博士说，"但等一下就可以看到了，只要……"他伸手去够音速起子，又立刻缩了回来。

"怎么了？"高福问。

"不能看！"博士说，"如果真的与光线折射有关的话，那质子将会释放出势能，而这股能量来自还未反射的光。听懂了吗？"

"没有。"高福和嘉娜异口同声地说。

"好吧。"博士说，"我也没有。简单地说，如果我们真的在镜子里看到了玛莎，她就永远出不来了。只要看上一眼，就会改变她所处的世界，将她困在里面。曼弗雷德·格里格正是遭遇了这种情况。"他突然意识到了什么，"即便真的出来了，也会变成……"他动了动下巴，思考起来，"实际上，我也不知道，但结果肯定不好，这一点我很确定。"

"我还是不太明白她是怎么进去的，"高福说，"如果她真的在里面的话。"

"我不知道她还能跑哪儿去。有人将镜子设置成仅限一人通过，然后自动关闭。"博士的眼睛突然睁大，"这是一个陷阱！有人故意把玻璃书放到了镜中世界，想引诱我进去。哦玛莎，我实在太抱歉了。"

"我们会把她救出来的。"嘉娜说。

"没错,然后我有几个问题要问奥罗将军。"

"奥罗将军?"高福疑惑地说。

"我要问问他知不知道自己赠送的其实是真正的致命魔镜,还是说,他也像我们一样被人骗了。"博士调整好音速起子,对高福和嘉娜说,"好了,你们赶紧离开这里,关上大门,别让任何人进来。不能让人看到镜子里发生的事情,否则我和玛莎就永远困在里面了。明白吗?"

"明白了。"高福说,"那你怎么进去?"

"我会闭上眼睛走进去。"博士回答道,"对于只有一根鞋带的人来说,这样做极其危险,但有时候需要有人做出牺牲。希望螨虫、蜘蛛或者老鼠之类的非智慧生物不会把我们困在里面,毕竟它们不知道自己在看镜子。所以,我们应该没什么问题。"

"但万一呢?"高福说。

"如果半小时之后我们还没出来,你就先喝杯茶,然后照嘉娜说的让波尔和波特把镜子砸了。"

"可你说过,那样做会把你们困在里面。"嘉娜告诉他。

博士点点头,"我猜,不仅是我们,可能还有别的东西。如果我们不能出来,最好也别让其他东西从镜子里出来。"

走廊之外是一片虚无,至少看上去像是那样。玛莎凝视着眼前的黑暗,意识到有什么东西藏在暗处。

她小心翼翼地摸索前行，时不时回头瞥一眼主厅的灯光，害怕自己随时可能被阴影吞噬，然后不复存在。每走一步，她都能听见自己规律的呼吸声。

她来到黑暗的走廊上，拖着脚步缓缓移动，呼吸声越来越响。扶着墙面的手摸到一扇门，她推了一下，门便缓缓打开了。阵阵微风从里面吹了出来，就像房间在呼吸一样。

玛莎蹑手蹑脚地踏进黑暗的房间，依稀辨认出一个模糊的影子，看上去像是教堂里的一排长凳。她小心翼翼地伸出手，发现那个东西有棱有角，摸上去硬邦邦的。

那是一个床架。

玛莎僵住了，一个令人害怕的念头渐渐产生。除了自己的呼吸声，她还听到其他呼吸声从床上传来。

她走进了一间宿舍。

现在，她的双眼已经适应了黑暗，可以看到床与床之间摆放着一只只矮柜。突然，一道光亮了起来，挂在栏杆上的胸甲闪闪发光。

这里不是宿舍，而是一间军营。

爬行动物的鳞片闪着微光，一个黄眼睛的大块头从最近的床上坐了起来。他的吻部动了动，露出了锋利的尖牙。

"是你吗，萨斯崔克？"一个低沉的声音说，"是时候了吗？"

玛莎慢慢沿着刚才的路线退了回去。刚才那道光熄灭了，黑暗中，泽若玛人的眼睛闪烁着，四处找寻玛莎的身影。

突然，一只手按住玛莎的肩膀，把她扭了过来。在她尖叫之前，另一只手迅速捂住了她的嘴巴。

那个人把玛莎悄悄带回走廊上，然后松开了手。她看见来人是博士，便如释重负地松了一口气。

"抱歉。"他低声说，"我还不想叫他们起床。藏在这里肯定很无聊，连纸牌都玩不了，可怜的家伙。"

"刚才的亮光是音速起子发出来的吗？"

他点点头，"音速起子的光能让镜子保持开启，从而帮助我们走出去，就像火柴一样。"

"什么火柴能燃烧这么长时间？"

"永不熄灭的火柴。"博士说，好像世上真的存在这种火柴似的，"由于镜子的工作原理，这里没有多少亮光。"

透过主厅敞开的大门，微弱的闪光照在了走廊上。博士舔了一下食指指尖，举在空中测试是否有风。

"我们真的是在镜子里吗？"

"真的。你需要花点时间回顾一下吗？"

"估计跟你想出笑话的时间一样长。"虽然嘴上不依不饶，但玛莎还是朝博士咧嘴一笑，"闻不到味道实在太奇怪了，不是吗？"

博士示意她先进主厅，"这是什么新的笑话吗？"

"我们赶紧出去吧。"玛莎说。

现在,原本空荡荡的壁龛中挂着一面镜子。透过镜子,她能看见外面真正的主厅。

博士拉住她的手,"来吧。穿过镜子的时候,记得牢牢闭上眼睛,我们绝不能对视。"

"好的。为什么呢?"

"无论是谁被对方看到,都将永远困在镜子里。即便穿过了镜子,也不再是真实的自己了。我并不想知道哪种猜测是正确的。"

"哦,听上去可真棒。"

"你先出去。"博士低声说,"无论如何,千万别回头看,即使还没走出去也不行。无论发生什么事,你都得笔直地向前走,别回头!"

"为什么我们不能拉着手一起出去?"玛莎慢慢走向镜子,仔细倾听着博士的脚步声。

"这是另一个我不想验证的猜测。我不确定镜子能否承受两个人的重量。"

听声音博士似乎在很远的地方,难道他没有跟着自己吗?"好吧。"她嘟囔道,"你还在那里吗?"

"就在你的后面。不过,我还有点事要做,很快回来。"

"什么?!"玛莎差点转过身,但还是强迫自己不要那么做。

"不要回头看!"

"博士,你到底在做什么?"

没有人回答。

"博士?!"

还是没有人回答。

"不要转身,不要转身。"玛莎自言自语地重复着。她突然听见一阵奇怪的拖动声,像是食尸鬼笨重地拖着一只脚跟在后面。那是博士的脚步声吗,还是爪子刮擦石板地面的声音?她似乎听到了泽若玛人沉重的呼吸声,感觉冰冷的尖爪就要碰到自己的后颈。在她身后,可能是任何东西。

伴随着现实撕裂的声音,玛莎探身穿过镜面,踏进了真正的主厅。

"现在可以转身了吗?"

房间里一片寂静。

"博士,我可以转身了吗?"

她身后又响起一阵撕裂声,有什么东西跟着玛莎穿过了镜子。

10

那个东西跟在玛莎身后说:"是我。千万别把鞋带随便抽出来,刚刚害我差点丢掉鞋子。不过,我把这个拿回来了。"

玛莎回过头,看见博士正举着玻璃书,立刻感到如释重负。"谢天谢地!幸好是你,我还以为……"她紧紧地抱住博士,几近哽咽。

"怎么了?"

"谢谢你。"

镜子里,博士和玛莎的镜像分开站立,看着他们拥抱在一起。

"啊,"博士严肃地说,松开了拥抱,"我早该想到的。"

他赶紧伸手去拿绑在镜框上的音速起子,他的镜像也动了起来,但动作并不一致。

一只手穿过镜面,抓住了博士的手腕,镜子里的那张脸因为愤怒而扭曲起来。尽管还是博士的声音,但听起来恶狠狠的。"放我出去!"他的镜像咆哮道。

"不!"博士喘着粗气,努力去够音速起子,一番摸索之后,把它用力扯了下来。他踉跄着后退,被玛莎扶住了。他将音速起子对准镜面,起子的顶端发出了蓝光。

伴随着一阵撕裂声,镜面闪烁起来,那只探出来的手也消失了。博士和玛莎的镜像怒气冲冲地盯着他们,用身体拼命撞击镜面,想要打破镜子。

玛莎吓得后退了几步。"他们想逃出来。"她说。

"没错。"博士附和道,"我已经关闭了传送门,现在只需要调整好渗透阻尼器就行了。"

另一边,博士的镜像继续无声地捶打着镜面。

"他们会打破镜子吗?"

"希望不会。"博士说,听上去很不确定。

玛莎的镜像蹲了下来,想把面前的镜子推开。她的手掌紧紧贴着镜面,嘴唇动了起来,似乎是在苦苦哀求。"让我出去!让我出去!"她看上去无比恐惧。

"他们为什么想逃出来?"玛莎问道,"他们只是镜像而已,不是吗?"

"可这些镜像并不知道这一点。"博士说,"就像游乐场里的哈哈镜一样,致命魔镜放大我们内心的愤怒和恐惧,投射在了镜像上。他们就像是我们的黑暗面。话虽如此……"他看着镜中之人伤感地说,"如果你被困在里面,难道不想逃出来吗?"

玛莎刚刚经历了相似的情形,想都不用想就知道答案是什么。

他们该如何在那样一个昏暗、无味和狭小的世界里生活一辈子？

博士又将音速起子瞄准镜面。"我很抱歉。"他轻声说，"非常抱歉。"

一瞬间，镜子发生了变化。博士的镜像不再捶打镜面，而是举起了音速起子；玛莎的镜像不再推开镜子，而是张着嘴站在原地，眼角闪着泪光。

"这只是一面普通的镜子。"博士轻声说，"希望它能一直保持这样。"

看到玛莎跟着博士从主厅里走出来，高福明显松了一口气。玛莎本以为他会拥抱自己，结果后者只是局促地前后晃了几下。于是，她走上去抱住了他。

"谢谢你。"

"没什么，真的。"他很不好意思地说。

博士看了看走廊，检查了一下壁龛，又转头盯着阴影，说："嘉娜在哪里？"

"她可能等得无聊，所以先跑了。"高福说。

"我说过你们都得守在这里。"

"没事的，我一个人没问题。"

"不，这不是重点。我想跟她谈谈之前还没说完的事，还有很多问题要问她。"

"什么事？"玛莎问。

"她看见有人从镜子里走了出来。不过，我估计那个人还有另一重身份。"

"泽若玛人？"

"也许吧。既然那个人被嘉娜看见后还能走出镜子……"博士转向高福，"我得跟嘉娜谈谈。她往哪里跑了？"

他摇摇头，"我不知道。她可能躲在小窝里，也可能去了花园。"

"你先去她的小窝看看，"博士对玛莎说，"然后再去花园。不能离开小路，明白吗？"

"明白。"玛莎说，看了高福一眼。

"小路是安全的。"他向她保证道，"我和你一起去。"

"不，你得守在这里。"博士告诉他，"我还有事要做。"他转身向主厅走去，"我要先读完那本日记，然后再琢磨那面镜子。"

"为什么那本日记这么重要？"玛莎问。

"里面记录了曼弗雷德·格里格是如何被困在镜子里的。"

"可我们已经知道了，不是吗？"

"是吗？如果真是这样，为什么我们没有碰到他？为什么他没有铺上红毯，甚至敲锣打鼓欢迎我们？为什么不让我们在里面舒舒服服地待得久一些？"

"或许我们只是没有找到他。"

"为什么他的日记跑到了镜子外面,又恰巧出现在城堡的一块石板后面?"博士继续说。

"或许日记并非来自镜中的世界。"高福说。

"是啊。"玛莎同意道,"或许里面的故事是别人瞎编的。"

"不是。"博士轻声说。

"你怎么知道?"

"因为你只能从镜子里读出日记的内容。"

"即便如此……"

"还因为它是由玻璃制成的。"

嘉娜不在她的小窝里,也没在附近。玛莎知道小姑娘喜欢躲起来偷偷观察,便站在走廊上仔细倾听周围的声音。可是,到处都没有她的踪迹。

玛莎似乎瞥见了一名用兜帽遮住脸的导游,但当她再次看过去的时候,那里一个人也没有。

于是,她走到了城堡的庭院中,正好看见波尔和波特在漫天星空下修缮城垛的楼梯。

"我们几百年前才换过这级石阶。"波尔抱怨道。

"你说呢?"波特说。

"好吧,那是早上十点左右,我们当时——"

"停！"波特说，"我又没让你真的说一遍。"

"打扰一下。"玛莎抢在波尔开口前说，"你们看到嘉娜了吗？"

"我们总是看到她。"波尔说。

"经常。"波特附和道。

"我的意思是，你们刚刚看到她了吗？"

"你在找她？"波尔问。

"是的。"

"我们来帮你吧。"波特提出，"这件事肯定比替换石阶有意思，更何况我们几百年前才换过这级石阶。"

"你说呢？"波尔说。

"停！别再说一遍了。我自己来就好。"玛莎告诉它们，"博士想跟她谈谈，仅此而已。如果你们知道她在哪里，可不可以告诉我？"

"我们知道她在哪里吗，波尔？"波特说。

"我们可能知道，波特。"波尔回答道。

"很好。"玛莎说。

"但我们也可能不知道。"波尔继续说。

"哦，帮帮忙吧。"玛莎恼火地叹了口气。

"帮什么忙？"波特说，"通常我们都不帮忙。"

"对，通常都是工作。"波尔说，"帮忙意味着我们有的选。"

"但没人给过我们选择。"

"我给你们一个选择,可以吗?"玛莎说,"如果你们知道嘉娜在哪里,请告诉我。"

"或者?"波尔问。

"你得给出另一个选项。"波特说,"否则就不是选择了。"

"或者……不告诉我。"

波尔看了看波特,波特又看了看波尔,然后两个机器人同时点了点头。

"她在花园里。"波尔说。

"往迷宫方向跑了。"

"谢谢你们。"玛莎急忙跑了过去。她突然想起什么,又跑回来对两个机器人说:"迷宫里面有地雷吗?"

"我没埋过。"波尔说,"你呢,波特?"

"我也没有,波尔。有人埋过吗?"波特问玛莎。

"我不知道,可能没有。我只想知道那里安全吗?"

"一直都很安全。"波尔说,"如果你也没有埋过地雷的话。"

"应该没什么问题,银河联盟的扫雷兵已经把地雷都清除了。"波特告诉她,"不要离开小路就行。"

"扫雷兵?"

"它们是机器人。"波尔不屑地说。

波特一脸鄙夷地说:"永远不要相信机器人。"

129

那个叫作玛莎的女人走进了花园，不确定小姑娘去了哪里。

修剪整齐的草坪、玫瑰园和篱笆构成的迷宫组成了花园，地面沿着平缓的斜坡一直延伸到天际，直至小型世界的尽头。

她用手挡住刺眼的人造日光，搜寻着小姑娘嘉娜的踪迹。

即使没有地雷，她也没必要直接跑进花园。玛莎用手挡住刺眼的灯光，一边眺望美丽的景色，一边搜寻嘉娜的踪迹。

这时，在草坪另一端的树林里，有什么东西动了一下。那是嘉娜吗？玛莎决定过去一探究竟。她不断告诉自己，如果只走小路应该没什么问题。每踏出一步，她都格外小心，一直留意着脚下的路，以防踩到伸出地面的引爆器。

一阵银铃般的笑声从她前方传了过来，玛莎四处寻找声音的来源，却发现笑声消失了。一缕金色的头发在迷宫边缘一闪而过，消失在了高高的篱笆后面。嘉娜是如何在那么短的时间里跑到那儿去的？

她看到小姑娘从树林里走进迷宫，确切地说，她觉得自己看到了。

又是一阵笑声，似乎是从前方的树林里传出来的。玛莎心想，也许是自己出现了幻听，也许是这颗飘浮在太空里的小行星——不管它是什么——太小了，以至于让嘉娜的笑声绕了一圈又传了回来。

"背道而行方能到达。"玛莎嘟囔道，又一次想起了《爱丽丝镜中奇遇记》。于是，她小心地朝迷宫的方向走了过去。

一条宽敞的碎石子路连接着树林和迷宫。玛莎走在路中间，小心地探索着脚下的路。她越往前走，就越感到胆战心惊。只有走进迷宫才能放松下来，因为高福说过那里没什么问题，而且嘉娜也在里面。毕竟，迷宫里又能有什么危险呢？

博士小心翼翼地翻动着脆弱轻薄的书页。他越往后翻，就变得越焦虑。

"这本日记很古老，"他对着自己的镜像说，"已经有一百多年了，但是……"他又翻开一页，"这里记录的却是今天发生的事。这怎么可能呢？难道他可以预见未来吗？"

镜子里的文字非常清晰，博士继续读了下去，心跳渐渐加速。

那个叫作玛莎的女人走进了花园，不确定小姑娘去了哪里。她用手挡住刺眼的人造日光，搜寻着小姑娘嘉娜的踪迹。她看到小姑娘从树林里走进迷宫，确切地说，她觉得自己看到了。

迷宫的构造与克伦伯格绘制的草图一模一样，由亨德森兄弟负责建造完成。高高的篱笆挡住了玛莎的视线，当然，这本就是设计迷宫的初衷。

在迷宫里，玛莎停住脚步，不知道该往哪个方向走。她转过身，惊讶地看到……

博士屏住呼吸，继续翻阅着手里的日记。

玛莎一走进迷宫,似乎就被篱笆包围了。不知怎的,里面的光线发生了变化,地上布满了斑驳的绿色阴影。现在,她真的不知道该往哪个方向走了。

她记得有种说法提到,一直往左转就能走出迷宫,还是说,左手要一直摸着篱笆?玛莎伸出手,惊讶地发现篱笆十分柔软。

她刚一转身,一个戴着兜帽的人影便踏进了迷宫。他慢慢走向玛莎,兜帽下面一片漆黑。

"你是谁?"玛莎轻声问道,不由地紧张起来。那位修士逐渐靠近,她下意识后退了一步。

他开口讲话的时候,嗓音仿佛是从碎玻璃里挤出来的。声音很轻,但沙哑刺耳。然而,令玛莎感到毛骨悚然的并不是他的声音,而是他讲出的话:

"你好,时间旅行者。"

11

兜帽下面的阴影里,似乎有什么东西闪烁了一下。玛莎连连后退,随即掉头跑走了。

"向左转,一直向左转。"她自言自语道。

她不知道那位修士究竟是谁,也不知道他到底想做什么。他之前一直在跟踪他们,还把高福打昏了。虽然不知道兜帽下面的闪光是什么,但她并不想待在原地一探究竟。

她必须找到嘉娜,也许小姑娘知道那是怎么回事。

可是,她在哪里?

玛莎停下脚步,大口大口地喘着气,发现修士没有跟上来。她努力调整呼吸,仔细地倾听周围的声音。银铃般的笑声从篱笆外面传了进来。玛莎努力拨开繁茂的枝叶,勉强看到了嘉娜的身影。刺眼的灯光下,金色的头发闪闪发光。

"嘉娜!"玛莎朝她喊道,"嘉娜,待在那里,我得跟你谈谈。"

可是,小姑娘立即逃走了。篱笆慢慢恢复原有的形状,玛莎不得不松开了手。在枝叶完全合拢之前,她看到嘉娜沿着绿色的小路蹦蹦跳跳地离开了。

她无法爬过高高的篱笆,也无法推开茂密的枝叶,只能绕着迷宫走出去。她似乎瞥见嘉娜在拐角处偷看自己,但等她跑过去的时候,小姑娘早就不见了。

就在此时,一阵笑声出现在玛莎身后。她猛地转身,看见嘉娜又出现在篱笆的另一头。小姑娘一闪而过,只留下微弱的笑声在迷宫里回响。她是怎么做到的?为何这么快就从篱笆的这头跑到了另一头?玛莎跑了过去,没有发现连接两头的捷径。

除非,嘉娜知道穿过迷宫的其他方法。玛莎想起隐藏在城堡墙上的那扇小门,试着推了推篱笆,结果手上多出了好几道刮痕。

算了,玛莎心想,等追上嘉娜之后再问吧。对小姑娘来说,这场追逐仿佛混合了捉迷藏和模仿领袖游戏[1]。

"点兵点将……"玛莎嘟囔着选出了一条路。

玛莎越走越深,完全迷了路,找到嘉娜成了唯一的希望,也许小姑娘可以带自己走出迷宫。这时,她又想起了刚刚那位诡异的修士。

玛莎猜测,嘉娜的姐姐可能也在迷宫里。刚才跑来跑去、咯咯笑的那个小姑娘可能是——仅仅是可能——姐姐的鬼魂。毕竟,

---

[1] 所有玩家跟着游戏领袖做动作,做错的直接出局,等淘汰到只剩最后一人时,游戏结束。

这里离她死去的地方并不远……

博士看完最后一句话，合上了日记。如果上面记录的内容与花园里正在发生的事情一致的话，那就麻烦了。

他一边把日记放进口袋，一边快步走了出去。麻烦还不少，他心想，一本古老（确实有些年头了）的日记怎么会清楚地描述了当下发生的事情？怎么恰好"反映"（他故意用了这个词）出了现实情形？虽然还没有结论，但博士决定先去迷宫找到玛莎。

他穿过走廊，在城堡里飞奔起来，急速的脚步声回荡在石壁间。他一边跑，一边思考着另一件怪事。日记的写作风格发生了明显的变化，从第一人称改为第三人称叙述，仿佛格里格不再是故事的主角，而是一名旁观者。难道最新的内容是由其他人代写的吗，还是他认为自己的角色已经发生了改变？

博士转过拐角，差一点就要跑到了，结果迎面撞上德福伦。

"对不起！"博士大喊道，向旁边跨了一大步，"借过一下！"

"博士，等一下。"德福伦说着，抓住了他的袖子。

博士停下脚步，"很紧急吗？"

"是的。"

"那我给你十秒钟的时间，不能再多了。玛莎现在有危险。"

德福伦点了点头，飞快地理解着博士的话，"十秒，好吧。银河联合通讯社的飞船即将抵达，奥罗将军和卡萨博夫人将召开新闻发布会,宣布双方进展顺利,有意推进和谈。"

"他们都感受到历史的重任了吗?不错。"博士说,"可是,关于凶残杀手仍然逍遥法外那件小事怎么说?"

"按照官方的说法,切克斯意外猝死,属于自然死亡。布兰奇上校将封锁城堡,保证所有人的安全。"

"好吧,真棒。"博士在原地上下弹跳,"还有事吗?"

"我希望你能在场,"德福伦说,"以便回答任何尴尬的问题。"

"那我要匿名出席。"

"没问题,我就跟媒体说你是访问专家。"

博士皱起眉头,"好……吧……"有一个想法萦绕在他的脑海里,但一时半会儿说不出来。"记得给我们留好位置!"他一边跑一边回头喊道,"靠近冰激凌的摊位。"

虽然难以理解,但玛莎也能猜到是怎么回事。

她原本打算一直左转,但嘉娜偶尔出现的身影和回响的笑声早已让自己偏离了方向。既然无法原路返回,那她不如继续追赶嘉娜,希望能够找到她。也许,等嘉娜厌烦了这场游戏,便会主动跑回来。

现在,玛莎走进了一条死路,一堵绿色的篱笆墙竖立在前方。她正准备转身,就看到了那个缺口——如果站得没这么近,她根本不会发现那里。她迈步穿过缺口,来到了一个巨大的广场——正是迷宫的中心。

广场上,打磨光亮的石板分红白两色交错排列,正中央矗立着一座方形底座的雕像。这座雕像饱经风霜,展现了一位体型庞大的泽若玛勇士。爬行动物身披盔甲,手握令人生畏的枪,正轻蔑地俯视着下方。雕像的牙齿布满缺口,底座也因年久失修而有些摇摇欲坠。

玛莎走过去,看到了雕像的影子,可形状和位置似乎都不对。突然,影子动了起来,慢慢又消失不见了。有人藏在巨大的底座后面。

"抓到你了!"玛莎喊道,快步绕过雕像。

她本以为自己会看到嘉娜躲在那里,看到小姑娘笑呵呵地捂着嘴巴,脸上的表情既开心又窘迫。

然而,一位穿着制服的修士走出来,挡住了玛莎的去路。

"哦,"玛莎说,"又是你。你到底想做什么?"她鼓起勇气说道。

修士没有说话,而是伸出了藏在衣袖里的双手。灯光下,有什么东西闪烁起来,玛莎惊讶地倒吸一口冷气。

突然,一阵爆炸声从附近传来。

博士飞快地奔向花园。

"迷宫，迷宫，迷宫。"他自言自语道，用手挡住刺眼的灯光，扫视了一遍花园。

如果沿着小路跑向迷宫，他就得穿过玫瑰园，然后折返回来；如果选择捷径穿过草坪，再沿着湖边走过去，那就会快很多。

博士没有犹豫，立刻举着音速起子跑上了草坪。起子的顶端发出蓝光，有节奏地响起哔哔声。

突然，音速起子检测到一颗隐藏的地雷，声音的节奏加快，音调也变高了。博士微微改变奔跑的路线，哔哔声又恢复了稳定。

跑到半路，博士再次根据起子的反应更换了一条路线。

快要跑出草坪的时候，急速的哔哔声持续不断地响了起来。博士赶紧停下脚步，左右摆动音速起子，但找不到任何出路。

他叹了口气，将音速起子对准地面，引爆了地雷。

接着，震耳欲聋的爆炸声撕裂了空气。

爆炸的冲击波震得地面也摇晃起来。玛莎踉跄了一步，差点摔倒，修士则抓着雕像底座稳住自己，手里的玻璃书也差点掉下来。

"你是怎么拿到那本日记的？"爆炸声渐渐平息之后，玛莎质问道，"你对博士做了什么？"

"你居然问我是怎么拿到它的？"修士用沙哑的声音反问道。

接着，又一阵爆炸声响起，地面再次晃动起来。

修士向后倒下,一只手努力保持平衡,另一只手则紧紧抓着日记。兜帽从他头上滑下来,露出了一张闪闪发光、残破不堪的脸。

玛莎一脸惊恐、难以置信地盯着眼前的老人。他的头就像钻石一样反射着灯光,稀疏的白发如冰碴般固定在头顶,脸上布满纹路,额头到下巴之间有一条细细的裂缝,鼻子上有一个缺口,下巴有一道沟痕,脸颊上还有一个小坑。

噩梦般的时刻瞬间过去,修士又重新戴好了兜帽。

"你已经读过日记了吗?"他慢慢向玛莎走近,"你去过镜子里了吗?"

"你是谁?"玛莎反问道,紧张得说不出话,"你想做什么?离我远一点!"

修士犹豫了一下,古怪地转了转头。他刚想开口说话,就被跑进来的嘉娜撞倒了。小姑娘的肩膀猛地击中修士的后背,让他脚下一绊,向前扑在了地上。

修士正好倒在出口处,玛莎赶紧拖着小姑娘躲到了雕像后面。他被兜帽挡住视线,没注意到她们躲了起来。玛莎示意嘉娜保持安静,从底座后面小心地往外看,发现修士努力爬了起来。他踉跄着走出广场,一只手按在脸上。

"你为什么一直躲着我?"玛莎压低声音对嘉娜说。

小姑娘惊讶地睁大双眼,"我没有!"

"那你听见我的呼喊为什么没有停下来?"

嘉娜惊讶地摇了摇头。"我是跟着你跑进来的。"她说，"我看到你走进了迷宫，然后那位修士也跟了过去，因此觉得你可能需要帮助。"

"明明是你先进的迷宫啊！"玛莎坚持道。

嘉娜无奈地看着她，"你真奇怪。"她从雕像后面跳出来，跑到了修士刚刚摔倒的地方，"这是什么？"

地上的那个东西晶莹剔透，还闪烁着微光。

嘉娜把它捡起来，举到了玛莎面前，说："一块玻璃。"

"一定是从日记上掉下来的。"玛莎小心翼翼地接过那块玻璃，却发现形状似乎不太对。它又厚又弯，不像是从书页或者背脊上掉下来的。"一定是那位修士遗失的。"她嘟囔道，对着光检查玻璃，里面的细小裂纹清晰可见。

一道阴影落在了她的脚边。"你觉得呢，嘉娜？"玛莎说。

但嘉娜已经不见了，那道阴影是博士的影子。他接过玻璃，仔细观察起来。

"我觉得这个地方棒极了！"他说，"真是绝妙的迷宫。不过，我觉得我们得在媒体到达之前赶回城堡。另外，"他把玻璃抛向空中，然后用手接住，"我们的麻烦可能刚刚出现。你觉得呢，玛莎？"

"我觉得，"她告诉他，"嘉娜的姐姐可能还活着。"

12

博士在几道篱笆组成的岔路口停了下来。"是的,"他最终决定道,"走这条路。"

"听着,我是跟着嘉娜进的迷宫。"玛莎解释说,"但她却说自己是跟着我进来的。这么看来,确实有两个小姑娘。"

"两个人长得一样吗?"

"应该是双胞胎。"

"不,"博士说,"不,完全不对。"

"我只是在告诉你实际情况。"

"哦,不是说你。"博士说,"我是说我们走反了。"说完,他转身跑到了相反的方向。

"不是说要一直往左转吗?"玛莎说。

"应该可行,"博士赞同道,"但我们已经往右转了。另外,那种说法的前提是篱笆都待在原地。"

"这里的篱笆会动?!"

"我不知道,如果真是这样就好玩了。记得有一次我在某个迷宫里……"博士刚一开口,就发现他们走到了下一个岔路口,于是停了下来。

"东南西北?"玛莎提议道。

"或者点兵点将。"他摩挲着下巴说,"让我想想,也许我们要再找一个办法来决定用哪条口诀。"他摇了摇头,"两条路,两种选择,两个小姑娘,以及……"他补充了一句,"两起谋杀。"

"两起?"

"一起与切克斯有关,另一起则与嘉娜在镜子里看到的那个人有关,不管他是谁。"

"也许是德福伦?"玛莎跟着他往前走,却走进了一条死胡同,于是又掉头转向另一条路。

"或者是一名守卫,抑或是斯特曼……你觉得会是谁?会不会是布兰奇上校?真有意思,他可是银河联盟的指挥官。你觉得呢,玛莎?"

"我对这方面不是很了解……"玛莎说。

"确实不了解。"博士同意道,然后陷入了深思。

"真是谢谢了。"

"哦,不,你相当了解。"博士迅速转身,轻轻地拍了一下她的肩膀,"没错,玛莎,你很棒。你可以判断出一个人是不是彻底死亡了。"

"是的,不过那通常不是最理想的选项。要是真的到了那一步，就已经迟了。"

"永远不会迟，永远不要轻言死亡。好吧，也不是永远，反正尽量少这样想。不过，这件事……"

"博士，你想说什么？"

"我想说的是，"博士说，"蒂达死了这件事很重要吗？"

"对嘉娜来说很重要。"

博士点点头，"问题就出在这里。嘉娜发疯似的想象姐姐的鬼魂一直缠着她。"

"你觉得是别人有意为之？"

博士耸耸肩，"如果不想让人把她的话当真，只需要直接否认就行了。为什么要这么麻烦地实施复杂的计划？"

"否认什么？"

"她在镜子里看到有人走出来这件事。谁知道呢？另外，为什么蒂达要躲着自己的妹妹？"他拍了拍手，"好了，从这里走出去就行了。"

玛莎跟着博士穿过缺口，结果又看到了开阔的广场和巨大的雕像，轻松的心情瞬间变为失望。"看来不是。"她说。

"很好。"博士若有所思地点了点头。

"好什么？我们又回到了原点。"

"我终于知道该怎么走了。"他指出，"走这边，来吧。"

博士毫不犹豫地领着她往前走，仅仅过了几分钟，他们就来到了出口。

"我把这里弄得一团糟,真不知道该向谁道歉。"博士说。

在草坪边缘,一大片草皮彻底翻了起来,泥土撒得到处都是。

"踩到地雷了?"

"可怕极了。"他说着,吸了吸鼻子。

"你觉得蒂达从爆炸中活了下来?"

"我不知道。"博士承认道,"我在想,这件事是不是很重要?显然,对嘉娜和蒂达来说相当重要。如果真是这样,那又意味着什么?"

"好吧,我一点也没听懂。"

"所以我们需要听一听专家的意见。"

"你说的专家是我吗?"

"还得赶在媒体到达之前问清楚。"博士自顾自地说着,声音被巨大的轰隆声淹没了。天空中,一艘大型飞船穿过气泡,降落在了城堡的另一边。

博士和玛莎刚一走进庭院,德福伦就匆忙跑了过来。

"真高兴终于见到你们了。"

"我也是。"博士说,"我们还能赶上喝茶吗?有英式烤饼吗?"

"什么?"德福伦困惑地看了看博士,又看向玛莎。

"就着果酱吃的茶点？对了，一定得有果酱。"说完，博士转向玛莎，"你说呢？"

"没错，必须要有果酱。"

"对，不可或缺。别告诉我没准备果酱。"

"博士，"德福伦一脸严肃地说，"我非常理解维持秘密身份的重要性，真的。"

"秘密身份？"玛莎说。

"比如要假装自己与众不同、古里古怪。"

"达菲鸭[1]博士。"玛莎小声地戏谑道。

"当然，在伪装之下，你拥有极其敏锐的大脑，不仅关注着每个细节，而且还计划着方方面面的事情。"

博士叹了口气，拍掉衣领上的泥土，"你太客气了。"

"所以，请告诉我，我应该对媒体说些什么？"

玛莎露出震惊的表情，"你想让博士教你怎么说？我以为你才是这方面的专家。"

"关于这起谋杀，有什么消息是我可以透露的？"

"目前来看，什么都不要说，或者只透露一点点。"博士将拇指和食指凑近，示意德福伦可以透露的程度，"比如，这只是一场可怕而不幸的意外，一切都在掌控之中等等。"

---

1. 上文德福伦提到的"古里古怪"原文为"Daffy"，玛莎由此联想到了乐一通动画系列的虚构卡通人物达菲鸭（Daffy Duck）。

"需要提及银河联盟也在对此展开调查吗？"

"如果被逼问到的话，你可以提一下。祝你好运。"博士拍了拍他的肩膀。

"但你不会在场吗？"

"他得维持达菲鸭的秘密身份。"玛莎说。

"你是在开我玩笑吗，米老鼠？"博士得意地回敬道。

"呵呵。"玛莎说。

"你们要去哪里？"德福伦问。

"调查。"博士拽着玛莎走向城堡。

"那你会参加之后的仪式吗？"德福伦在他们身后喊道。

博士拉着玛莎转了一大圈，跑回德福伦身边，"当然，一定到场。什么仪式？"

"新闻发布会结束后，双方会宣布和谈正式开始，并签署初步协议。"

"是直播吗？"博士问。

"是的，银河电视台将进行全程直播。"

"会有几百万人观看吗？特别是双方互相表态的时候？"

德福伦耸耸肩，"应该会吧。"

"你该不会是……"玛莎说。

博士伸出食指竖在她的嘴唇上。"我们会去参加仪式。"他说，"中场休息的时候，我们想吃冰激凌，准备巧克力、草莓和覆盆子香草这几个味道就行。"

"我马上吩咐厨房。"

"还有一件事。"博士说。

"什么事？"

"之前有个叫作蒂达的小姑娘是不是被花园里的地雷炸死了？"

"这很重要吗？"

"她是不是死了？"玛莎严肃地说。

"是的，非常不幸。可这件事对现在的情况有什么影响？"

"可能有些影响。"博士说，"所以，我怎么才能知道当时究竟发生了什么？"

"你可以去安全中心找布兰奇上校，他有权访问绝境城堡的所有档案。现在，他正在为仪式做最后的准备。"

布兰奇上校听完博士的要求，没有表现出任何惊讶的神色，只是脸上的胡须轻轻抖了一下。

"让我们来找找看。"他向坐在电脑前的守卫下达了指令，"提前申明，可能找不到多少记录。虽然这里处于前线，但近几年的安保十分松懈。"

"正在搜索，长官。"守卫敲击着键盘说，"除了三行字的报告和一些静态图像之外，没有其他记录了。基本上与你告诉我们的信息一致，博士。"

"德福伦跟我透露了一点你们的身份。"上校看向博士和玛莎，"你们觉得在仪式上会出现什么问题吗？"

"会吗？"

"自从切克斯大臣遭遇不幸以来，我很担心再出现什么意外。"

"你只要做好准备，随时应对任何突发状况就行。"博士说。

"电脑正在打开图像记录。"守卫说。

"我们已经准备好了。"布兰奇上校向博士保证道，"只要获得官方授权代码，我们就会立即执行任务。"

"很好。"博士说，"呃，什么授权代码？"

三张重叠的图片出现在屏幕上，布兰奇凑了上去，没注意到博士和玛莎交换了一个困惑的眼神。

"授权使用武器的代码。"布兰奇说，"你知道的，现在随时可能出现安全问题，所以我需要你们提供官方授权代码。"

"哦，当然。"博士说，"很明智的规定，永远不要轻信持枪的士兵。所以，你需要一位委任的银河联盟代表来批准使用武器。"

布兰奇笑了起来，"我不管你有没有受到委任，但能让武器解锁就行。"

"如果没有代码的话，"玛莎说，想确认自己是否理解正确，

"枪就无法开火。"

"对。万一出现问题,有你们在这里总归是件好事。"

玛莎勉强挤出一个笑容,"可不是嘛。"

"不对劲。"博士看着屏幕上的图片说。

"怎么了?"布兰奇说。

"玛莎?"博士示意她看一下图片。

一个跟嘉娜长得一模一样的小姑娘躺在地上,身体扭曲变形、残破不堪。图片本来就让人感到不适,而且玛莎觉得自己看到的是认识的那个小姑娘,心里就更加难受了。

"她的确是死了。"玛莎不需要借助医学知识就能确定这一点,"那个小姑娘不可能还活着。"她难过地转过身去。

"你们看这片草坪。"

"看上去确实是地雷爆炸造成的破坏。"布兰奇说。

"那这一块呢?"

"这块区域被可怜的小姑娘挡住了,所以没有损毁。"

玛莎强迫自己看向图片,博士所指的区域依然覆盖着草皮,上面的脚印很深,露出了底下的泥土。

"看上去她是踮着脚尖走的。"玛莎说。

"你觉得呢,上校?"

"看上去她应该是跑进草坪的。"

"既然她很熟悉这块区域,也知道这里很危险,那为什么还要跑进去呢?为什么不是小心翼翼地踏出每一步?"

"也许她是踮着脚尖跑的。"玛莎说。

博士若有所思地敲了敲屏幕,"你能把图片缩小一点吗?我想看一下周围的情况。"

守卫点点头,"好的,但只能看到草皮和泥土。我以为你想——"

"照做吧。"布兰奇说。

"是的,长官。"

在毁坏的草坪上,小姑娘的尸体显得那么渺小孤单。

"现在,放大这一块。"博士指着小姑娘和城墙之间的区域说。

图片放大后,所有人都凑到了屏幕前面,仔细盯着地上的脚印。

"有两组脚印。"玛莎说。

"她在逃跑。"博士说,"有人在追赶她。"

"电脑上没有视频记录,"守卫说,"所以我们无法得知当时到底发生了什么,也不知道是谁在追她。"

"也许高福知道。"玛莎说。

"恕我直言,博士,这都是很久以前发生的事了。"布兰奇上校说,"仪式即将开始,你确定自己没有分心吗?"

"分心?"玛莎指着屏幕愤怒地说,"看看这些图片,想想她遭遇了什么!"

博士把她的手放了下来。"上校说得没错，我们确实分心了。媒体已经抵达这里，仪式也即将开始，我们还有更紧急的事情需要处理。"他轻声说，"我们已经知道发生了什么事，可以帮助嘉娜从过去的痛苦中走出来。"

"你是指处理镜子里的那些事？"

"以及找到关闭镜子的方法。"

"什么镜子？"布兰奇问道，"你们在说什么？"

"不必担心，只不过是有人企图破坏和谈，准备在直播的时候上演一场政变。"博士举起音速起子说，"不是什么大事，几个银河联盟的卧底一会儿就能解决。"

"你觉得藏在镜子里的泽若玛人属于某种第五纵队[1]？"玛莎问道，"时刻准备在敌后作战吗？"

博士和她穿过绝境城堡，朝高福的房间走去。

"隐藏军队的绝佳之所。"

"但他们为什么要藏在镜子里？"

"难道还有什么更好的地方吗？只要开启两个世界之间的传送门，他们就可以出来了。不仅没人猜得到，而且武器探测装置——即使功能强大——也无法识别出玻璃制品。"

---

1. 来源于西班牙内战时期的一支纵队，现指隐藏在对方内部、尚未曝光的敌方间谍。

"这是奥罗将军的主意吗?"

"不知道,我不太确定。好吧,毕竟是他赠送的镜子,所以很有可能是他的主意。可他为什么会杀死切克斯呢?他明明看上去跟其他人一样震惊和难过。"

"那就是另有其人?"

这时,他们走到了高福的房间。博士没有回答玛莎的问题,而是敲了敲门。过了一会儿,高福出现了。

"哦,你们好。"他说,"我正在为仪式做准备工作,真高兴又能离开房间了。我们都被派去给媒体担任导游以及分发食物了。"

"蒂达究竟遭遇了什么事?"博士轻声说。

高福耸耸肩,"我说过了,那只是一场意外。"

"不,"玛莎说,"你只说她跑进了花园,但没说当时有人在追赶她。"

高福顿时脸色煞白,"我告诉过你们,她惹怒了一个在厨房帮工的男孩。"

"你之前说过,没人敢跑进花园。"博士说,"但那个男孩却追了过去,是不是?"

高福点点头,"那个男孩一直被她欺负,所以我猜那天他应该是忍无可忍了。"

"所以当蒂达跑进花园之后,"玛莎说,"他也没停下来。"

"他非常生气，在她身后穷追不舍。"高福说，"我猜，他应该是踩着她的脚印跑进去的。"

玛莎看到，高福说话的时候不停地转动眼珠，仿佛他就在现场看着男孩追赶小姑娘似的。

"我猜，蒂达意识到自己会被男孩抓住，所以慌了起来。毕竟，谁知道他会对她做些什么？"高福继续说。

"但他没有抓到她，对不对？"玛莎轻声说。她不难猜测故事的结局，因为自己早已看过那些图片。

"对，他没有。"高福转过身，无法直视他们的眼睛，"她穿过草坪的时候偏离了安全路线……爆炸的冲击波将男孩掀翻在地，还震碎了东翼的窗户。"

玛莎把手轻轻地搭在高福的肩膀上，"你目睹了全过程，是吗？"光看图片就已经很难受了，可高福不仅认识那个小姑娘，而且还亲眼看见了那一幕。

"是的。"他说，"现在，我想竭尽所能帮助嘉娜，但她对那件事永远无法释怀。"

于是，他们默默离开了，留他一人沉浸在回忆之中。

"所以，我们只需要关闭镜子就行了，对吗？"玛莎问。

"对。"博士咧嘴一笑，"输入密码的键盘锁死了，我得想出一个不那么暴力的方法关闭镜子。"

"然后把泽若玛人困在里面。"

"只是暂时的，之后我会把他们放出来。"

"为什么？"

"你愿意在里面多待一秒钟吗？"

"可他们会杀了所有人，不是吗？"

"作为士兵，他们只是在服从指令。不管怎么说，布兰奇上校的手下无法使用武器，他们应该打不起来。不过，一旦泽若玛人夺下绝境城堡，安瑟姆人便构不成威胁了，再也没有人可以阻挡他们……"

"发动入侵？"

"不如说是攻占领地。不过，我们会阻止他们的。"

主厅的大门敞开着，里面空无一人。"我猜，冰激凌和茶点还没准备好。"玛莎的声音回荡在空旷的房间内。

他们慢慢地走向了致命魔镜。玛莎难以想象这面看似普通的镜子曾把自己困在了里面。

"好了，我得小心处理才行。"博士说，"不过，对于像我这样的天才来说，关闭镜子应该不会花很长时间。"

"那就快点开始吧。"

博士一手握着音速起子，一手拿着玻璃书。他翻开日记，把它举到镜子前，以便看清上面的文字。

"上面记录了镜子的工作原理，我之前只是扫过一眼。运气好的话，这本日记能够告诉我们如何关闭镜子……"

就在博士翻看玻璃书页的时候，玛莎瞥到镜子里有什么东西动了一下。她盯着镜子，看到那个东西贴着墙壁移动起来。她本以为是壁龛中的盔甲在底座上晃动，接着意识到只有佩剑在动。

"博士！"玛莎指着佩剑的镜像喊道。镜子里，那把剑反射着灯光，不可思议地悬在空中，正对准他们。她立即转了过去。

"嗯？"博士也转过身，然后一下子愣住了。

索罗丁教授将剑指着博士和玛莎低吼道："现在你们无法阻止我们了！"剑身反射的光线照在了他的手上和脸上。

玛莎回过头，看到镜子里没有他的镜像。她再次转身的时候，索罗丁已经朝他们冲了过来。他右手持剑，左臂举在身后保持平衡。玛莎发现那是一条断臂，凹凸不平的残肢像镜面一样反射着灯光。

剑刃划破空气，向博士刺了过来。他飞快地躲到一旁，但还是被划伤了手指。博士手里的日记被剑击中，打着转飞了出去。随着一声巨响，日记在地上摔得粉碎，玻璃碴撒得满地都是。碎片闪烁着耀眼的光芒，就像索罗丁的脸一样。

剑划出一道弧线，再次砍了下来，逼得博士和玛莎向后一缩。博士生气地吮吸着受伤的手指，玛莎则一脸惊讶地盯着那个没有镜像的男人。

"他是玻璃人！"她惊诧道。

13

"你是镜中之人吗？"博士一边往后退，一边质问道，"是你在跟踪我们吗？"

玛莎也向后退了一步，但跟博士不是同一个方向。如果他们分开站立，索罗丁就需要同时对付两个目标，这样一来，其中一人肯定有机会跑出去求救。

"我不知道你在说什么。"索罗丁挥舞着剑，不停地转动身体，不让他们离开自己的视线，"而且我也不想知道。"

他再次冲向博士，但后者敏捷地躲开了。

"我不介意借给你一只手，"博士说，"但我把它交给斯特曼了。那是你的断手，对吗？"

索罗丁没有回答，再次把剑刺向博士。

在最后一刻，博士才闪到了一边。"你不知道我在说什么？"他说，"是不是肢体不全让你有些'断篇'了？"

"这个笑话讲得太烂了。"玛莎一边对博士说，一边向后躲开挥过来的剑。

玻璃人生气地嘶吼起来,不小心碰倒了旁边的盔甲。随着哐当一声,头盔顺着地面越滚越远,佩剑也掉在了地上。

"啊哈!"博士喊道,"放马过来吧!"他笨拙地举起那把剑,"哦不,等一下。"他扔掉剑柄上的金属手套,掂了掂剑身的分量,然后等索罗丁再次出击。"好了,来吧!"他又喊了一遍。

他们打斗起来,挡住了玛莎的去路。每当她想绕过去时,索罗丁的剑就挥了过来,她只好连连后退。不过,博士看上去似乎自得其乐。他轻松地挡开每一击,但无法攻破对方的防线。两个人谨慎地相互绕圈,然后又打了起来。

索罗丁的剑不断地刺过来,把博士逼到了长桌前面。他向后仰头,躲过一剑,便开始奋力反击。最后,他被迫跳上了桌子。"轮到我了!"他宣布道,向下挥舞着剑。

不料,剑尖不小心卡进了桌子边缘,无论怎样用力拉扯也纹丝不动。

索罗丁又一次向博士冲了过来。

"是时候执行B计划了,玛莎!"博士大叫道。

"B计划是什么?"

为了躲避索罗丁的攻击,博士在桌上跳来跳去,就像在表演踢踏舞一样。"当A计划出错的时候可以执行的备选计划。"他从桌子上跳了下来,"我觉得A计划现在看起来不太妙。"

"不,我的意思是,B计划具体要做什么?"

当索罗丁再次冲过来的时候，博士已经退到了玛莎身边。"我还以为你已经想出来了呢。"他说。

索罗丁愤怒地尖叫起来，把剑高高地举过头顶。

"快跑！"玛莎大叫道。

"不错。"博士跟着她跑了出去，"这是个好计划。"

玛莎跑到主厅门口，回头去看博士有没有跟上来，以及索罗丁是不是紧随其后。她刚一转身，就看到索罗丁的剑迅速朝博士劈了过来，已经快要碰到他的肩膀或者后背了。

就在这时，一条肮脏的破布从桌子底下甩出来，缠住了索罗丁的脚。他一头绊倒在地，发出刺耳的尖叫，手里的剑也滑了出去。

原来，那条"破布"是一个小姑娘。她一下子站起来，快速冲到了玛莎和博士身边。

"嘉娜！"博士喊道。

索罗丁支撑着自己从地上爬了起来。他的脸上裂了一道巨大的口子，从额头左上角一直延伸到下巴右侧。他踉跄着走过去，用满是裂痕的手别扭地捡起了剑。玛莎惊恐地看着那张略微错位的脸，无法移开视线。

"快跑，玛莎！"博士大叫道。他一手拽着玛莎，一手抓着嘉娜，拉着她们沿走廊狂奔起来。

索罗丁跟在他们身后，胡乱挥舞着剑。玛莎感觉阵阵寒风吹到了后颈上。

突然,有一个人从他们前方的阴影里走了出来。正是斯特曼。

"博士,蹲下!"他大吼道。

"对,我是鸭子[1]博士。"博士说,"不过,我现在有点忙,你可以等会儿再来吗?"

"不,"玛莎在他耳边大叫道,"他是让你蹲下!"说完,她迅速趴到地上,把博士和嘉娜也拽了下去。

然后,斯特曼举起玻璃枪,向索罗丁开了火。

枪声在石壁间回荡,产生了巨大的回响。玛莎扭过头,正好看到索罗丁的半边身体轰然倒地。

接着,他的玻璃头颅中了一枪,瞬间被炸得粉碎。整个身体倒在石板地面上,飞出的玻璃碎片擦过了玛莎的脸。

斯特曼平静地经过他们,走到索罗丁的尸体旁边,用靴子踹了一脚那堆玻璃碴,"这种事情可不常见。"

"一把玻璃枪里的玻璃子弹击碎了玻璃人。"博士爬起来拍了拍身上的碎片,"听起来相当合适。"

"非常合适。"斯特曼赞同道,"我是在他的房间里找到这把枪的。"

"你搜查了所有人的房间?"玛莎说。

"当然,小心驶得万年船。"

---

1. 原文"Duck"含"鸭子"和"蹲下"两个意思。前文提到,博士称自己为唐老鸭博士。

"那你也搜了我的房间?"她震惊地说。

"你和博士刚到这里的时候我就搜过了。"

"你肯定没花多长时间,"博士说,"因为我们没什么行李。不过,你能找到那把枪是件好事。"他继续说,"要是索罗丁拿着枪,我们就危险了。你应该感谢斯特曼,玛莎。"

"哦是的,真是谢谢了!"玛莎知道自己的房间里什么都没有,但即便如此,她还是对斯特曼的行为感到愤怒。

斯特曼有些不安,翻来覆去地检查着枪,"要知道,我以为他是为了躲避检查才使用的玻璃枪,可现在不是很确定了。"

"当他从镜子里走出来的时候,"嘉娜说,"就是用那把枪杀死了原来那个人。"

"你看见的是他?"玛莎问,"从镜子里走出来的人是索罗丁?"

小姑娘点了点头。

"他是从镜子里走出来的?"斯特曼短促地笑了一声,"你们是在开玩笑,对吧?"

"错。"博士告诉他,"你看,他是玻璃人,当然是从镜子里走出来的,不然还能来自哪里?"

"也许来自彩绘花窗玻璃?"玛莎提议道。

"是的,好吧,我猜也有可能。"博士承认道。

"或者玻璃星球上住在玻璃城里的玻璃人?"斯特曼说,"桑卡隆上不就有座玻璃金字塔吗？"

"是的，好吧，所以有很多种可能。可实际上，他应该来自致命魔镜。"他转过身去，"是不是，嘉娜？"

但小姑娘已经不见了。

"她总是待不住。"玛莎说。

"没错，她的确很奇怪。"斯特曼同意道，"要知道，她之前有个孪生姐姐……"

"我们知道这件事。"玛莎说。

"我觉得我们应该找到嘉娜，"博士说，"看看她还知道些什么。"

"我们所有人吗？"玛莎朝斯特曼的方向转了一下眼珠，用眼神暗示博士。

"什么？哦……斯特曼，你可以试着推迟这个官方仪式吗？或者从主厅换到其他地方？"

"我可以试一试。这很重要吗？"他看到博士瞪着自己，"好的，非常重要，我会尽我所能。"

"我们得去问问嘉娜为什么没有她的镜像。"等斯特曼离开后，玛莎说，"我的意思是，这件事肯定也很重要，是不是？索罗丁没有镜像，嘉娜也没有。"

"他们都有自己的镜像，"博士告诉她，"或者曾经拥有过。"他一脚踢开撒在地上的玻璃碴。

"是你告诉我嘉娜没有镜像的。"玛莎说。

"我错了。"他承认道,"你已经见过嘉娜的镜像了,甚至还跟她说过话。是你跟着她走进迷宫的,记得吗?"

波尔将撞瘪的头盔重新放回盔甲上,完成了最后的组装,"好了,你觉得怎么样,波特?"

"看着很好,波尔。"波特在主厅里慢慢打转,四处寻找着盔甲的佩剑,"剑找不到了。"

"别管了,反正没人会注意到的。"

"我猜那把剑也许哪天就自己出现了。"

"你收到新闻发布会的邀请了吗,波特?"波尔问。

"没有。你呢?"

"我也没有。"波尔说,"但我觉得我们应该参加。"

"没错。"波特赞同道,"他们可能需要我们。"

"我们得确保一切都保持干净整洁。"波尔说着,慢慢转身检查主厅。它们把长桌挪到房间一侧,然后摆好了一排排椅子。

"我讨厌清扫玻璃。"波特抱怨道。

"没错,这些锋利的东西真可怕,还会损耗我的吸尘附件。"波尔同意道,"如果以后再也不用清扫玻璃就好了。"

"一旦玻璃碎了,你猜是谁负责打扫干净?"波特告诉它,"对了,我们得把环绕音响架起来。"

"那就开始干活儿吧!"

波尔踏进走廊,满意地说:"不错,整座城堡看起来非常整洁,波特。"

"看来仪式可以准备开始了,波尔。"

"我们给自己争光了。"

两个机器人转过拐角,突然停住了脚步。

"这些该死的玻璃碴是从哪儿冒出来的?!"波尔大喊道。

"我不知道。"波特说,"但正如我刚才所说,你猜是谁负责打扫干净?"

"你刚才关闭镜子了吗?"玛莎问。

博士摇摇头,"索罗丁——不管他的真实身份是什么——现在已经不在了,应该不会有人再使用镜子了。"

"除非,他还有同伙。"玛莎说。

"你可真乐观。"博士笑着说,"我们已经知道是索罗丁杀了切克斯,或者说给了他一'手'。"他期待着玛莎的反应,但后者没听懂这个笑话,于是他继续说:"他还把高福打晕,穿上修士服跟踪我们。"

"呃……"玛莎说。

"另外,他还跟着你进了迷宫。"

"啊……"玛莎说。

"如果我们需要更多的线索……"博士停下来，皱起眉头看着玛莎，"你为什么要那么做？"

"做什么？"

"说话支支吾吾的。"

"因为跟踪我的那位修士不是索罗丁。虽然只是瞥了一眼他的脸，但我知道那个人不是索罗丁。"

"呃，"博士说，"啊……好吧，我明白了。"他叹了口气，恼怒地问："所以，那位修士究竟是谁？"

"你为什么不自己问他呢？"玛莎提议道，指向走廊另一端。远处，一个戴着兜帽的人影从壁龛的阴影中走了出来。

"我猜，他是高福的同事。"博士说。可玛莎听得出来，他并不是这么想的。

这时，另一个人影也从壁龛中走了出来。起初，玛莎以为那是嘉娜，但她跟着博士走过去后，却发现小姑娘的全身都反射着光，就像玻璃一样。

修士缓缓伸出一只手，摘下了头上的兜帽。

玛莎立刻认出了兜帽下面的脸。那张由玻璃构成的苍老的脸上布满了细小的裂纹，鼻子上还有一个缺口。

出人意料的是，修士的另一只手里拿着那本早已摔成碎片的玻璃书。

"你是嘉娜。"博士走上前去，"而我现在可以猜到你是谁了。"他对修士说。

"我不是嘉娜。"小姑娘反驳道。她的声音跟嘉娜的一模一样,但听上去更轻细尖厉。

"你是她的镜像。"玛莎说。

小姑娘摇了摇头,几缕碎发在灯光下闪闪发光,"嘉娜死去很多年了。"

"什么?!"玛莎惊诧道。

修士向前踏出一步。"抱歉之前吓到你了。"他对玛莎说,"我是曼弗雷德·格里格,那个镜中之人。"

14

"我读过你的日记。"博士说,"写得挺好。如果你愿意的话,我可以帮你修改一下文风和语法。"

"待会儿再说吧。"玛莎说,"你到底想做什么?"她对格里格说,"你真的是由玻璃构成的吗?我怎么到处都能看到玻璃人。"

"镜子不光是通向另一个宇宙的传送门,对吗?"博士说,"一旦走进去,你就变成了由光线构成的生物。如果有人看到你在镜子里,你的基因便会遭到改写,成为半透明基质。"他对格里格说,"是不是这样?"

那个由玻璃构成的老人思索片刻,最后开口了:"可能是吧。我得承认,你的解释超出了我的理解范围。我只知道镜子并非监狱,而是一个陷阱。如果你想阻止奥罗将军,就得明白这一点。"

那个不是嘉娜的小姑娘紧张地来回晃动,迫切地想要说些什么。等格里格说完,她立刻脱口而出:"为什么我的妹妹要躲着我?"

玛莎蹲了下来，直视着小姑娘的眼睛，"她以为你是鬼魂，所以害怕你。"

小姑娘紧张地笑了起来，"她可真傻。"

"但没有她的镜像到处乱跑那么傻。"博士轻声说，"她会明白过来的，给她一点时间吧。正如玛莎说的那样，她又害怕又紧张。自从蒂达死了之后——"

"可蒂达没有死！"小姑娘说，"她还在这里。她就是我，我就是她。"

"什么意思？"玛莎看向博士，但他只是摇了摇头。

"我是蒂达。"小姑娘坚持说，"死去的是我的妹妹嘉娜。这一切都是我的错，到现在我都无法原谅自己。"

曼弗雷德·格里格把手搭在了小姑娘的肩膀上。"别激动，小姑娘。"他说，"我们之后会有机会讨论这个问题的，但首先，我们得帮助博士和玛莎阻止奥罗将军。"

"你确定他才是幕后主使？"玛莎说，"比如安排索罗丁杀了切克斯之类的。"

"他是头号嫌疑人，玛莎。"博士说，"奥罗口口声声说自己厌倦了战争，却把镜子带到了这里。那面镜子根本不是什么仿制品，他的家族一直保存着真的致命魔镜。"

"波尔和波特知道这件事。"格里格说。

"难怪它们说两面镜子是一样的。"玛莎回忆起来。

"应该说是一模一样。"格里格说,"当初就是它们把致命魔镜挂起来的,所以它们发现两面镜子拥有相同的尺寸和重量。"他张开双臂,"如果需要证据的话,我也可以证明这一点。"

"你刚才说过,镜子并非监狱,而是一个陷阱。"博士说。

"可故事里又说你一直被囚禁在里面。"玛莎说。

"哦,故事说的是真的,至少之前确实如此。"格里格说。

"我喜欢听故事。"小姑娘说,"跟我讲讲吧。"

"没时间了。"玛莎指出,"我们需要立刻赶往主厅,斯特曼可能无法推迟仪式。"

"奥罗不会允许斯特曼这么做的。"格里格说,"他以为自己胜券在握,以为他的士兵会从镜子里走出来夺下绝境城堡,然后,整个银河系都会目睹这场胜利,再也没有人敢跟他作对了。"

"也许奥罗真的会成功。"玛莎说。

"不,他错了。他以为只要找到打开'监狱'大门的方法,就可以把藏在里面的士兵带出来。"

"然而?"博士说。

"然而,大门一直都是敞开的。"格里格说,"镜子并不会把你困在原地无法离开。"

"那会怎么样?"

"镜子是一个陷阱,会让你一辈子都深受其害。即使士兵被奥罗带出来,也无法实现他的计划。"格里格的眼睛里闪着光,

"你想搞清楚背后的原因吗,博士?"他倾身向前说。

博士和格里格对视片刻,然后盘腿坐在地上,拍了拍身边的空地,"坐下吧,玛莎,是时候听故事了。"

它被称为致命魔镜,是为了纪念莫拉迪纳德的致命修士。不过,这群修士与镜子一点关系也没有。他们追求和平,懂得独善其身。为了远离银河系的纷争,他们在这里建起了修道院。可是,他们选错了地方。

安瑟姆人的舰队穿过维森尼克星带时,意外发现太空碎片和小行星都包围着修道院,在这里形成了一道天然的屏障。于是,卡洛夫上将制订了绝境计划:先从致命修士那里买下修道院,然后将其改造成军事要塞。这样一来,这里不仅可以抵御任何侵略者,也可以作为发动攻击的前哨基地。

那时,安瑟姆人刚刚发现泽若玛人的存在,害怕这个好战并富有侵略性的爬行种族会率先挑起战争。同样,泽若玛人也担心安瑟姆人会攻击他们。

致命修士拒绝离开修道院,声称和平协商比诉诸武力更有效。然而,安瑟姆人不听劝阻,执意对修道院采取了行动。与此同时,泽若玛人也动手了。于是,这里被重新命名为绝境城堡,成了第一次攻城战的主战场。那些致命修士也因此沦为无辜的受害者,就和他们的名字一样。

当我被指派为安瑟姆参谋长的时候,战争已经持续许久,双方都厌倦了。彼时,泽若玛人仍然控制着绝境城堡。为了促成和平,我计划夺下城堡,然后处在有利位置与对方进行谈判,希望这一侵略之举可以为日后长久的和平铺好道路。

然而,安瑟姆国务重臣肯代尔·潘纳德跟我的想法完全不同。他野心勃勃,渴望权力,希望维持当下的局面。

第二次攻城战结束后,我亲自制订战略计划,最终成功夺下绝境城堡。可是,潘纳德不相信我是为了结束战争和死亡才这样做的。他觉得我是为了谋取私利,或者抢夺他的职位。

那时,民众十分欢迎期盼已久的和平,我的号召力也与日俱增。潘纳德绞尽脑汁,想找出对付我的办法,甚至计划重新宣战。不过,最后他自己也意识到那有多疯狂,而且民众绝对无法容忍那样的行为。

于是,潘纳德想到了一个主意。他打算证明我是因为憎恨泽若玛人才夺取的绝境城堡,并计划再次挑起战争。

潘纳德既想让我受到公众谴责,丧失民心,又想让我帮他维护和平。毕竟,泽若玛人唯一信任的人是我,如果我不在了,他们可能再度发起战争。因此,他需要一种方式强迫我为他工作,在应付泽若玛人检查的同时放弃一切——在他看来——对权力的追求和渴望。

把我关在监狱里是行不通的,于是,他设下了一个陷阱。他找到卡拉古拉的暗黑工匠,让他们打造出了致命魔镜。之所以用致命修士的名字来命名,是因为陷阱本身就意味着死亡。

后来的故事你们都知道了。在那场盛大的宴会上,潘纳德假意嘉奖,却把我逼进了致命魔镜里。所有人都看到我在镜子里大声呼喊,不断敲打着镜面。

等宴会结束后,潘纳德一个人跑来找我。他搬了把椅子坐在镜子前面,向我解释了镜子是如何工作的,以及这个陷阱是什么。

他还说,只要我同意为他工作,就可以随时从镜子里出来。我会受到保护,但将永远活在死亡的恐惧里,永远记得自己的生命有多脆弱,每分每秒都会感到害怕……

格里格停了下来,望着远方出了神。

玛莎和博士坐在他的对面,小姑娘则坐在他们身边。格里格讲故事的时候,没有一个人说话。

"我不太明白,"玛莎说,"如果你随时都可以从镜子里出来,这个陷阱还有什么意义?难道他会逼迫你重新回到镜子里?"

格里格转过头,举起了自己的玻璃手。灯光照亮了上面的裂纹和缺口。"这就是意义所在,他把我变成了玻璃人。"他说。

"因为所有人都看到了镜子里的他。"博士说。

"不过,我还是笑到了最后。"格里格说,"潘纳德大喊大叫,甚至苦苦哀求,可我拒绝走出镜子,反而退到了镜中世界的阴影里。虽然那里没有欢乐，只有黑暗和孤独，但我发誓再也不踏入真实世界半步。"

"你消失之后，"博士说，"泽若玛人就立刻向安瑟姆人宣战了。"

他点点头，"没有我在中间调停，战火又重燃了。泽若玛人认为安瑟姆人已经放弃和平，便再次夺取了绝境城堡。也就在那个时候，奥罗的曾祖父拿到了致命魔镜。"

"但他没有摧毁镜子。"玛莎说。

"对，他将镜子完好无损地保存到了现在。"

"隔了这么长时间，"玛莎说，"你为什么又从镜子里走出来了？"

"因为交战双方终于有了促成和平的第二次机会。只要成功阻止奥罗将军，和谈就可以顺利进行下去。"

"你也终于能获得平静了。"玛莎说。

格里格摇摇头，"不，我永远无法获得平静。我已经掉入潘纳德的陷阱，变成了脆弱易碎的玻璃人。我在这个世界上多待一刻，就多一分危险，随时都可能磕伤或者摔碎。每踏出一步，我都要无比小心。"

他小心翼翼地注意着每个动作，然后谨慎地站了起来。

"既然知道了背后的原因，你应该明白自己要做什么了吧？"格里格转向正在起身的博士，"快去仪式现场阻止奥罗将军，结束这场疯狂的闹剧吧。"他使劲捏紧拳头,发出冰块破裂的声音,脸上露出了痛苦的表情。"请让这一切都值得。"他说。

他们马上赶往主厅。"我们必须阻止仪式。"玛莎说。

"不,不,不。"博士告诉她,"恰恰相反,明白吗?奥罗不清楚镜子的原理,他的计划是不会成功的。我们得把藏在镜子里的泽若玛人引出来,然后揭露真相。"

"博士、玛莎,谢天谢地你们终于来了!"斯特曼朝他们跑了过来,"我无法说服德福伦推迟仪式。他说自己早已在新闻发布会上宣布了流程,临时更改时间地点只会让他颜面尽失。仪式将在几分钟后举行。"

"太好了!"博士说,"棒极了!观看的人越多越好。"

"但我以为——"斯特曼开口说。

"博士几分钟前刚改的主意。"玛莎告诉他。

快要跑到主厅的时候,他们看到波尔和波特正在清扫曾经属于索罗丁的那堆玻璃碎片。

"借过一下!"博士大喊道。

两个机器人迅速躲到一边,波尔细长的胳膊前端还固定着吸尘装置,博士直接从上面跳了过去。

"待会儿可能需要你们来主厅一趟。"他回过头喊道,突然又停住脚步,"不,你们一定要来。"

玛莎和斯特曼待在原地，看到博士跑回了波尔和波特身边。"音响都架好了吗？"他急切地问。

"架好了，也测试过了。"波特骄傲地说。

"这次使用的可是最新科技。"波尔补充道。

"配有顶级扬声器和音调失真功能吗？"

"对，都是标准配置。"波尔回答道。

"高级工艺，"波特说，"表面还喷了一层黑铬亮面烤漆。"

博士笑了起来，"太棒了，你们一定得在场。"他小声地告诉它们自己的需求，"尽快准备好，"他说，"仪式马上就要开始了。"

"乐意效劳。"波特在博士身后喊道。

"只要不用打扫卫生就行。"波尔说。

"也许根本没有银河联盟的特工会来。"当他们接近主厅的时候，博士说，"德福伦可能搞错了，或者他们人还没到。"

"别多想了，"玛莎说，"只要他以为我们是银河联盟的就行。"

斯特曼看向玛莎，然后将视线转向博士，最后又回到玛莎身上。"所以，你们究竟是谁？"他说。

"这是个很好的问题。"博士说，"等我想出一个很好的答案之后再回答你。"

"我们是来帮忙的。"玛莎说。

"好极了。"斯特曼说,听上去并不是很信服。

主厅的大门敞开着,两侧各站着一名银河联盟的守卫。看到博士、玛莎和斯特曼走进来,他们赶紧立正行礼。

主厅经过装饰,已经变成了礼堂。房间尽头的致命魔镜前摆放着主席台,两侧则排列着大型音响。参会代表都佩戴着迷你麦克风。拥挤的主厅里还有一些空位,博士领着玛莎走到后排就座。他们身后架着一个巨大的调音台,就像剧院或者夜店里常见的那种。波尔和波特也溜进主厅,站到了调音台的后面。

"我们真的不去阻止奥罗,或者说点什么吗?"玛莎问。

这时,德福伦站了起来。他做了个手势,示意全场安静下来。玛莎看到,台下的媒体除了安瑟姆人和泽若玛人,还有几个她不认识的种族。

"还好我点了冰激凌。"博士说,"斯特曼去哪儿了?"

"在那儿。"玛莎指向两列椅子中间。斯特曼沿着过道走上主席台,坐在了自己的座位上。卡萨博夫人看到他之后,顿时松了口气,奥罗将军的表情则难以捉摸。不过,玛莎在看到他的镜像后减轻了一丝顾虑。巨大的镜子里,他的后脑勺清晰可见。

"好了。"德福伦宣布道,"现在代表都到齐了,我们可以开始了。很抱歉因为一些不可控的原因,仪式稍微推迟了一会儿。"他一边说,一边寻找博士的身影。他看到博士朝自己挥了挥手,但没有挥手回应。

媒体翘首以盼,摄像机模样的设备安静地悬浮在代表面前。银河联盟的守卫面无表情地站在主厅两侧。

"毫不夸张地讲,"德福伦接着说,"今天是一个重要的转折点。安瑟姆和泽若玛这两个伟大的国家将在这里创造历史。"说完,他指向主席台旁边的一张小桌子。天鹅绒布垂到了地面,上面放着一本打开的文件。

"那一定是他们即将签署的和平协议。"玛莎小声地说。

博士打了个哈欠。"快点啊,奥罗。"他嘟囔道。

"你想让他采取行动?"玛莎压低声音说。

"我想让他以为一切尽在掌控之中。希望索罗丁还没有跟他说这件事。"

"我们即将在此见证——"德福伦没能继续说下去。

"安静!"奥罗将军咆哮道。他的声音通过两侧的音响传了出来。

德福伦一脸困惑地转过身,慌张地说:"不好意思,你说什么?"

"我说,你给我闭嘴。"奥罗将军站起身,向前踏出一步,"你说得对。"他一边大声地说,一边调整眼罩,"今天的确是一个重要的转折点,但不是你想的那样。"他一把抓住德福伦的肩膀,将这个一脸震惊的男人扔到了前排的人群里。

台下窃窃私语，媒体则趁机拍照，闪光灯亮个不停。

然后，奥罗将军站到了主席台前面。在他身后，卡萨博夫人正想起身，却被斯特曼按住了，后者将一只手放到她的肩膀上，示意她安静地离开主席台。

"今天，你们将见证历史！"奥罗将军望向台下，等他们安静下来。

玛莎突然倒吸一口冷气，"博士，快看镜子！"

人们看不见自己的镜像，只能看见一排排泽若玛士兵出现在镜子里。他们扭头向后望去，以为这群士兵是从主厅大门走进来的，可后面什么也没有。

泽若玛士兵越走越近，如同海平面上渐渐显现的桅杆。他们的头最先出现，然后是闪亮的胸甲，锋利的尖爪紧握着枪，唾液顺着尖牙滴了下来。

奥罗将军转过身，让自己的镜像面对困惑的人群。"今天，泽若玛人将取得胜利！"他高声宣布。

接着，奥罗的镜像从镜子里走出来，站到了本体的身边。泽若玛士兵也穿过镜子，将武器高举在身前。

15

喧闹声渐渐平息下来,整个房间顿时鸦雀无声。

德福伦挣扎着站了起来。"你们想干什么?"他对台上两个一模一样的鳄鱼人质问道,声音听上去有些颤抖,"奥罗将军,现在到底是什么情况?"

"我们赢得了胜利。"两个奥罗异口同声地说。

"我不明白。"

"你当然不会明白,你这个软弱的废物!"奥罗大声地说。他走下主席台,将德福伦拎了起来,直到他的双脚悬在空中。

"你是想重新商定条款吗?"德福伦问道,声音高了八度。

"我不会再商定任何条款了,一切都到此为止。我的军队已经占领了绝境城堡,任何抵抗都将遭到镇压。"奥罗松开手,让德福伦落到自己的脚边,"和谈已经结束了。"他大手一挥,指着台下的媒体说:"你们就报道说泽若玛人凭借武装力量已夺下绝境城堡。"

"可城堡是中立地区,"德福伦愤怒地说,"隶属银河联盟的管辖之下。布兰奇上校！"他再次从地上爬了起来，似乎已经重拾信心。

布兰奇上校来到过道上，"长官。"在此之前，他一直面无表情地站在主厅后面。

"请你马上解除泽若玛军队的非法武器，并押送将军……"德福伦立即改口道，"押送两位将军回到谈判室。我们将私下解决这个问题。"

"长官，如果奥罗将军不同意这样做，那你认为应该如何处置？"布兰奇镇静地说。

奥罗和他的镜像同时大笑起来，"我绝对不会同意的。"在他们身后，泽若玛士兵挤满了主席台，并向主厅两侧移动。

越来越多的守卫闯进主厅，训练有素地部署在房间两侧和过道上，手里的武器瞄准了主席台。

"在任何人做出任何愚蠢的举动之前，我可以说句话吗？"博士沿着过道慢慢走上去，双手插进裤兜，"耽误不了多长时间，我保证。"

"你想说什么，博士？"奥罗的镜像质问道。

博士站在主席台前，身体前倾盯着镜子，以便更好地看清自己的镜像。他舔了舔指尖，抹平了额发。"投降吧。"他说。

"什么？"

"你们现在寡不敌众，还是投降吧。德福伦说得没错，你的办法是行不通的。要是想赢得荣耀,就去谈判桌上为你的人民争取过来。那才是属于所有人的真正的胜利。要是照你的办法进行下去,所有人都会输。所以,勇敢地做出正确的决定吧。你只有一个选择,那就是投降。"

"寡不敌众?"奥罗大笑起来。

博士恼怒地摇摇头,"你就听进去了这一句话吗?算了,既然你听明白了这句话,那就赶紧投降吧,否则你会一败涂地。"

奥罗没有回答,而是举起了紧握的拳头。在他身后,泽若玛士兵立刻举起了武器。

"别忘了,博士,我的军队拥有武器。"

"真的吗?"

"他们的枪可以开火。"

博士愣了一下。"哦。"接着,他又笑了起来,"或许,我用不上枪。"

布兰奇上校走到了博士身后。"交出授权代码吧。"他说,"作为银河联盟的特别观察员,你可以授权我们使用武器。"

博士依然盯着两位将军,除了眼罩的位置不同之外,两人别无二致。"这就是你想要的结局吗?"博士说,"我把授权代码交给布兰奇上校,然后任凭你们通过武力解决?告诉你,奥罗,一切都结束了,现在就投降吧。如果放下武器,我们还可以将和谈进行下去。假如我交出授权代码,那无异于直接宣战,泽若玛人可赢不了银河联盟。"

在主厅后面,玛莎屏住呼吸看着眼前这一幕。博士并不知道什么授权代码,银河联盟的守卫也毫无还手之力。可是,奥罗会冒这个险吗?

两位将军对视了一眼。"很好,博士。"奥罗说,"你把授权代码交给布兰奇上校吧。"

博士惊讶地张大了嘴,"什么?"他倾身向前,摇了摇头,"你说什么?!"

"难道……"奥罗的镜像轻声说,"你不知道授权代码是什么?"

"博士!"布兰奇上校焦急地催促道。

"我会告诉他的!"博士说。

两个高大的泽若玛人站在台上,双手抱臂。台下议论纷纷,有的人偷偷溜了出去,大部分仍待在原地,在逃跑和报道重磅新闻之间犹豫不决。

"你根本不是什么观察员。"奥罗说,"银河联盟的朋友告诉我,没有观察员被派来参加和谈,因为他们担心这会给双方带来压力和负面影响。"

"博士?"布兰奇上校说。

"你错了。"德福伦坚持说,"银河联盟委员会亲口告诉我,为了不被别人发现,他们派来的是两名秘密特工,也就是博士和玛莎女士。"

"哦,"博士说,"其实你的猜测不完全正确。我的意思是,他们并没有说出我们的真名,对吧?"

"对,没说。"德福伦承认道,"但还能是谁呢?"

"谁都不是。"奥罗不耐烦地说,"我告诉过你们了,没有特工或者观察员被派来这里。所以,布兰奇上校,我建议你们最好缴械投降。"

博士举起手说:"你真的没明白,是吗?他们之所以没派人来,是因为银河联盟的特工早就待在这里了。"

奥罗走到主席台最前面,弯下身体,俯视着博士,"你在唬人。"

"想跟我打赌吗?对了,还有一件事,你的军队并不如你想象的那般强大无比,因为你根本不知道致命魔镜的工作原理。索罗丁——或者说那个假扮成索罗丁的泽若玛人——本打算告诉你这件事,但我觉得他应该没有机会了。"

"萨斯崔克在哪里?"

"这就是他的真名吗?"

"他死了吗?"奥罗质问道。

"粉身碎骨,真的,没开玩笑。要知道,你的军队和镜像都是玻璃人,最终也会落得同样的下场。"

"你在撒谎!"奥罗将军转身看着他的军队,又转回来面向博士,"我不相信。"

博士耸耸肩,"不信就算了。一旦布兰奇上校拿到授权代码,你很快就可以看到了。现在是你的最后机会,投降吧。"

"绝不!"奥罗大吼道,"你根本没有什么授权代码。你以为我没有监控所有从绝境城堡进出的信息吗?银河联盟从未发过任何代码。"

"真的吗?"

"真的。"

"你确定?"

"当然确定。"

"也许他是对的,博士。"布兰奇小声地说。

"不,不,不。"博士说,"他错了。不受监控的办法多的是。"

"不要垂死挣扎了,博士。"奥罗说,"是时候结束这一切了。"他再次举起了拳头。

"信件、快递、飞鸽传书……随便什么方法都行。"说完,博士转过身,看见大部分人都躲到了椅子或者其他遮挡物后面。

"还可以精准地传送给特工本人!"波尔在房间后面大喊道。

"没错。"博士开心地说。

"加密信息由接收者直接读取,"波特附和道,"因此不会被任何人发现。"

"极为有效！"波尔说，"是不是，波特？"

"当然，波尔。"

奥罗将军和他的镜像同时摇了摇头，"只有机器设备才可以做到。"

"比如，机器人？"博士说。

奥罗眨了眨眼，黏稠的唾液顺着张开的吻部滴了下来。

"没有别的选择了。"博士难过地说，"布兰奇上校，银河联盟授权你们使用武器。"

"不！"奥罗大吼道。

"那就投降吧！"博士冲他喊道。

奥罗没有说话，一把扯下胸甲上的麦克风，把它扔到了台下。

波尔站在主厅后面说："授权代码为974/2。"

"布兰奇上校，你现在可以使用武器了。"波特补充道，"真的可以吗，波尔？"

"当然了，波特。"波尔说，"快趴下！"

主厅里，银河联盟的守卫输入授权代码，按键声此起彼伏。随着咔嗒一声，子弹上了膛，武器随时准备开火。

"你现在已经寡不敌众了。"布兰奇上校告诉奥罗将军。

奥罗笑了起来，露出雪白的尖牙，"这只是你的臆想。"他和镜像分别走到主席台两侧，露出了身后的镜子，另一组泽若玛士兵从里面走了出来。然后，一组接一组的士兵穿过镜子，踏入了真实的世界。

混乱之中,玛莎跑到了调音台后面。媒体和参会代表东躲西藏,有的趴到了椅子下面,有的藏在巨大的音响后面,有的则连滚带爬奔向门口。主厅里的泽若玛士兵向前行进,还有许多士兵源源不断地从泛着波纹的致命魔镜里冒了出来。

布兰奇上校一边让手下原地待命,一边劝奥罗和他的军队投降。不一会儿,他的声音就被震耳欲聋的枪声淹没了。

博士躲到了主席台旁边摆放着和平协议的桌子下面。

"你还好吗?"他说着,将双腿蜷缩在狭窄的空间里。虽然有点挤,但也只能忍一忍了。要想结束这场疯狂的闹剧,他就得跟身边的这个人谈一谈。此时,她正双手抱着腿,膝盖顶住了下巴。

"我还指望奥罗能投降呢,没想到他的军队有这么多人。这可麻烦了。"博士挑起桌布一角偷偷向外看,银河联盟的守卫受到压制,正在向门口撤退。

"那些士兵都是从哪儿冒出来的?"博士说,"奥罗不可能在里面藏了那么多人,除非……"他突然反应过来,"他们都是不断叠加的镜像。"

桌旁的一名泽若玛士兵被子弹击中,倒在了地上。他的腿被炸得粉碎,一只胳膊摔断了,脑袋也被削掉一半。可是,他依然顽强地向前攀爬,继续开枪射击。

"虽然易碎,"博士小声地说,"但相当顽强,甚至可以说是非常执着。子弹从来都解决不了任何问题,因此我需要……"他转向小姑娘说,"你的帮助!"

她睁大眼睛,"我能做什么?"

博士举起他的音速起子,"你把这个交给玛莎,告诉她程序都设置好了,随时可以摇滚起来。波尔和波特知道该怎么做。"

"它的作用是什么?"小姑娘说。

博士还没来得及回答,一名泽若玛士兵就掀开桌布,出现在了他们面前。他用枪指着博士和嘉娜,扣紧扳机,露出了狰狞的笑容。

16

听见嘉娜的尖叫声,泽若玛士兵立刻向后退去,脸上出现了一圈圈裂纹。

博士猛地将音速起子伸过去,按下了开关。伴随着尖厉的噪音,耀眼的蓝光照亮了泽若玛人的脸。裂纹不断扩大开裂,他的头最终炸成碎片,散落一地。

博士替嘉娜挡住飞溅的玻璃碴,同时用手护住了自己的脸。

"这就是它的作用。"他说,"不过,起子需要离得很近才有效。"他把音速起子交给嘉娜,"快去拿给玛莎吧。别担心,我来转移他们的注意力。"

嘉娜惊恐地看着博士,眼睛睁得大大的。博士对她报以微笑,又安慰地点了点头。过了一会儿,她点点头,从桌子底下爬了出去。

博士从另一侧爬起来,双手插进裤兜,摆出一副坚定的表情。他将一名冲过来的泽若玛士兵推到一边,后者踩到玻璃碴,一头摔到了地上。然后,博士从那具破碎的身体上跨了过去。

"奥罗!"他大喊道,"快住手。如果你不终止这一切,我会阻止你的。你自己选吧。"他不在乎是哪个奥罗听见喊话,反正他们的想法是一样的。

"你要如何阻止我?"一个声音在博士身后说。

博士身边的银河联盟守卫和泽若玛士兵安静下来,全都站在原地。在他们周围,遍地都是玻璃碎片和尸体。

在回答之前,博士环顾四周,看到奥罗的镜像在指挥士兵作战,布兰奇和他的手下正努力寻找掩护,将椅子搭成了路障。玛莎跟波尔、波特一起躲在调音台后面,嘉娜穿过椅子底下,正朝主厅后面爬去。

"我会阻止你和你的玻璃军队。"博士说,"玻璃可是相当易碎的东西,不是吗?"

"我不是由玻璃构成的。"奥罗说,"即便如此,血肉之躯难道不比玻璃脆弱吗?"

"玻璃人虽然不会流血,但可能会摔得粉碎。"博士用鞋尖在闪闪发光的玻璃碴上画着圈,"尘归尘土归土,最后的结果都是一样的。趁现在还来得及,赶紧收手吧。"

奥罗倾身向前凑近博士,呼出冰冷的气息,"绝不。"

博士抹掉脸上的唾沫,"就怕你会这么说。那就抱歉了。"他提高音量,朝主厅后面喊道:"行动,玛莎!"

嘉娜爬起来,赶紧跑到玛莎身边,把音速起子递了过去。

"博士想让我做什么?"玛莎问。

"用它震碎玻璃。"嘉娜说。

"呃,然后呢?"

嘉娜摇摇头,"我不知道,他说你和波尔、波特知道该怎么做。"

听到自己的名字,波尔从调音台的控制面板前转过身,"它是音速的吗?"

"我想应该是的。"波特说。

"很好,就等着这东西呢。"波尔说。它用细长的金属手指接过玛莎手里的音速起子,又把它递给了波特,"你觉得可行吗,波特?"

"当然可行,波尔。"

"别着急,慢慢来!"博士的声音从另一边传来。

"别浪费大家的时间了!"奥罗大吼道。

波特把音速起子跟一大团线缆和组件连在一起,接入了调音台。"正在进行音频输入。"它说。

"然后,我们就可以开始了。"波尔说。

"开始什么?"玛莎问。

波尔看了看波特,波特又看了看波尔。

"这个!"它俩异口同声地说。

"你的时间到了!"奥罗怒吼道。

"别拿时间来吓唬我。"博士说。

这时,音响传出一阵嗡嗡声,他们的声音淹没在了不断增大的噪音里。随着音调不断升高,玛莎和嘉娜紧紧捂住了耳朵。

突然,椅子搭起的路障晃动起来。起初,玛莎以为是声波造成的震动,接着看到一名泽若玛士兵跌跌撞撞地从后面冲出来,撞飞了椅子。

他双手抱头,全身颤抖起来,整个人闪闪发光。嗡嗡声持续增强,泽若玛士兵瞬间爆炸,玻璃碎片四处飞溅。

越来越多的泽若玛士兵踉跄着穿过缺口,不断靠近调音台。有的被震碎双腿,倒在了地上;有的摔进音响,变成了一堆玻璃碴。银河联盟的守卫虽然不是玻璃人,但也露出了极其痛苦的表情,对巨大的噪音毫无还手之力。

只有一个泽若玛人仍在坚持向前走。奥罗将军的镜像跌跌撞撞地挪到了调音台前面,身上布满缺口和裂痕。他的脸上出现了一条又宽又深的裂纹,将眼罩一分为二。一只胳膊断了一半,残肢末端凹凸不平。

玛莎踉跄着用肩膀撞了上去,想要阻止他。她的双手紧紧捂住耳朵,眼睛不停地流泪,什么也看不见。但是,奥罗的镜像把她推到一旁,然后扑向了调音台。

"拦住他!"玛莎大喊道,"他要去抢音速起子!"但她的呼喊完全被喧闹声盖住了。

他仅剩的那只玻璃手紧紧抓住音速起子,无数条裂纹从手指延伸到前臂,接着,整个身体布满了蛛网般的细纹。

波特试着把他的手拉开,可是已经太迟了。奥罗的镜像一把扯下音速起子,将它扔了出去。嗡嗡声戛然而止,起子啪的一声砸到墙上,断成了几截。

一瞬间,房间里鸦雀无声。一大半泽若玛士兵倒在了满地的玻璃碴里,剩下的则站在原地,完好无损。

奥罗的镜像转身去抓嘉娜,残缺的爪子朝小姑娘的脸伸了过去。嘉娜尖叫起来,尖厉的声音震碎了他的手。他双腿一软,直接跪了下来。

"就是这样!"玛莎大喊道,"嘉娜,别停下来。还有你们,"她对波尔和波特喊道,"快把尖叫声通过音响放出来!"

奥罗的镜像发出愤怒而痛苦的吼叫,将残肢扫过小姑娘的双腿。嘉娜往旁边一倒,脑袋磕到了调音台的边缘。奥罗的镜像重重地倒在地上,彻底摔碎了。

"不,不,不。"玛莎匆忙跑过去,将小姑娘抱在怀里。嘉娜失去意识,脑袋歪向一边。她的额头受了伤,眼皮仍在微微抖动。玛莎小心翼翼地让嘉娜平躺在地上,希望自己待会儿可以好好照顾她。现在,她必须先拦住剩下的泽若玛人。

"你要麦克风吗?"波尔说。

玛莎接住它递过来的麦克风尖叫起来。她大喊大叫,嗓子都

193

快哑了，可泽若玛士兵似乎没有受到任何影响。他们冲破路障，向前行进，逼得银河联盟的守卫连连后退。

"音调不对。"波特赶紧调整按钮，"我只能放大音量。"

"我们需要嘉娜的声音。"波尔同意道。

可是，小姑娘仍躺在地上不省人事。

嘉娜的尖叫声停止以后，博士知道自己有麻烦了。当音速起子的声波击倒一大批泽若玛士兵时，他趁机跑到致命魔镜的后面，调整了控制开关。幸运的是，无论是谁——大概是索罗丁——设置的开关，他并没有把键盘锁死。现在，它又变成一面普通的镜子，再也没有泽若玛士兵的镜像从里面走出来了。可即便如此，余下的士兵仍然能够夺下绝境城堡。之后，奥罗还可以把泽若玛人的增援部队放进来，那些勇士可不会害怕音速起子的攻击。

同样，奥罗将军也十分清楚这一点。他走向博士，露出了满意的微笑。

"如果你愿意的话，我们可以再商量一下。"博士说。

奥罗伸出手，掐住了博士的脖子。

"你来决定就行。"博士勉强喘着气说，"我没意见，真的。"

然后，博士被甩向空中，飞过主席台，最后摔到了地上。一双充满力量的手把他扶了起来。

博士掸了掸身上的灰尘，"谢谢，斯特曼先生，但你不必为了我留在这里。"

"不是为了你。"斯特曼说。

博士看见卡萨博夫人虚弱地坐在主席台旁边的一把椅子上,面色煞白。"哦,好吧。"他说,"职责、忠诚和友谊往往决定了我们的选择。"

"我已经做出了选择,博士。"斯特曼说。

奥罗从后面按住博士的肩膀,"你输了,博士!"他嘶吼道,"你已经无计可施了。"

与此同时,斯特曼偷偷拉开外套拉链,正好让博士看到了一道闪光——内侧口袋里的玻璃枪反射的光线。

"也许吧。"博士说,"不过,我还有别的办法赢得胜利,而你一定猜不出来。"

奥罗冷笑一声,"什么办法?"

"我的朋友玛莎会帮我的,她可聪明了。"

虽然泽若玛士兵的身体受损严重、残破不堪,但他们仍然快速地冲了过来。布兰奇上校和他的手下已经弹尽粮绝,只好赤手空拳跟他们战斗。守卫们有的扔出椅子,有的则挥舞着手里的枪。

波特也充当起守卫的角色,不断击退泽若玛人。一只机械胳膊喷射出蓝色的火焰,另一只则把扭曲发黑的玻璃人砸成碎片。

玛莎跪在嘉娜身边,轻轻拍打着她的脸颊。但小姑娘没有任何苏醒的迹象。

"让我来吧。"一个声音说,"我把她带走。"

玛莎犹豫地咬住下嘴唇。要是没有嘉娜帮忙,他们就要输了,可她也不能把小姑娘一直留在这里。最后,她点了点头。

高福蹲下来,把嘉娜抱了起来,"我告诉过她不要这么做,肯定还有别的办法,可她就是不听。现在,她快要死了,这一切都是我的错。"玛莎看到他满脸泪痕。

"她会好起来的!"玛莎说,声音盖过了嘈杂的噪音,"带嘉娜离开这里,躲到秘密基地里吧。你们都会没事的。"

"不,不是嘉娜。"高福哽咽着说,"她是蒂达。"

突然,尖叫声再次响了起来。

震耳欲聋的尖叫声回荡在整个主厅里。奥罗的军队本来就伤痕累累,现在直接炸得粉碎。奥罗惊恐地看着眼前这一幕。

"我早就提醒过你了。"博士对奥罗说,然后又转向斯特曼,"我是说过,对吧?"

奥罗发出一声愤怒的吼叫,将博士扔到了一边。"你只是个无名小卒,"他生气地低声说,"不配做我的人质。"

"不好意思,是我解决了你的爆裂军队。"博士捂住嘴巴,"对不起,我说错话了,'爆裂'可能不是最贴切的词语。"说完,他立刻蹲下,一块玻璃碎片从他头顶飞过。

但奥罗没有在听。他向前一跃,将卡萨博夫人从椅子上拽了起来。

"我会脱身的,博士。"他说,"否则她就得死。"

小姑娘的嘴张得大大的,细密的裂纹从脸上蔓延到胳膊,然后遍布全身。玛莎只能一脸惊恐地看着她。波尔和波特正在努力修复受损的调音台,将扯出来的线缆重新接好。

"在设备修好之前,我们没办法录下她的尖叫声。"波尔说。

"也没办法循环播放。"波特同意道。

"快停下!"一个沙哑刺耳的声音喊道。

主厅门口,一个人影踉跄着走了进来,正是格里格。

蒂达的镜像停下来,转身面向格里格,全身咯吱作响。"结束了吗?"她问。

格里格的脸上布满裂纹。"结束了。"他说。

"你成功了。"玛莎努力控制着自己的情绪,"你救了我们所有人。"

小姑娘举起手,看了看上面的裂痕。"我成功了。"她轻声说,"蒂达还好吗?"

"如果你们想阻止我,我就杀了她!"奥罗嘶吼道,"这可花不了多长时间。"他掐住卡萨博夫人的脖子,尖爪刺入了满是皱纹的皮肤里。

奥罗拽着卡萨博夫人穿过主厅,把碎玻璃踩得咯吱作响。

博士面无表情地说:"你还能去哪儿?你还能做什么?"

"我可以再组建一支军队,然后成功占领绝境城堡。"

卡萨博夫人努力摇摇头,"奥罗,你还没有吸取教训吗?难道你的损失不够严重吗?"

"闭嘴,老太婆!"奥罗吼道。

卡萨博夫人呻吟一声,倒了下去。奥罗不得不弯下腰,把她从地上重新拽了起来。

"放我走吧,求你了。"卡萨博夫人轻声说。

"不行。你和你的人民一样衰老虚弱,永远无法战胜伟大的泽若玛人。"

卡萨博夫人看了博士一眼,又看了看斯特曼,后者无能为力地站在原地。她叹了口气,"你又能做些什么呢?"讲话的口吻就像一个教育调皮孩子的老师。

然后,她微微转身对奥罗说:"这都是你的错,傻瓜。"她举起干瘪的手,把刚刚从地上捡到的一块又长又尖的玻璃碎片扎进了奥罗的手背。

奥罗发出痛苦的惨叫,立刻松开了卡萨博夫人。他震惊地拔出玻璃碎片,又向她伸出了爪子,眼睛里闪烁着熊熊怒火。

可是,在够到她之前,一颗玻璃子弹击中了他的头颅。奥罗将军摔倒在地,死在了他的爆裂军队中间。

"谢谢你,斯特曼。"卡萨博夫人平静地说,"也许,泽若玛人现在愿意派一个理智的人来参加和谈了。"她又转向博士,"谢谢你,博士。我们亏欠你太多了,你拯救了我们的未来。"

博士点了点头,环视主厅,看到玛莎正慢慢地走向自己。"我受之有愧。"他轻声说。

然而,他的声音被音响传出的说话声盖住了,只听见波尔大喊道:"你猜是谁负责打扫干净,波特?"

17

虽然波尔和波特声称自己的特工身份已经公开，清洁工作远远超出了它们的职责范围，但还是一边抱怨，一边把主厅里的玻璃碎片清扫干净了。

博士和玛莎站在致命魔镜前面，听见两个机器人还在他们身后嘀嘀咕咕地埋怨着。

"为什么镜子没有碎呢？"玛莎问。

"因为它不是由真正的玻璃制成的。"曼弗雷德·格里格走过来说。他依然穿着从高福那里抢来的修士服，放下了兜帽，看上去就像一座满是裂纹和缺口的雕像。

"这确实不是一面真正的镜子。"博士赞同道，"否则我们会看到一个拿着红色气球的小姑娘[1]。"他接着说，"这里面有一个完整的世界，越往里走就越黑暗。因此，我得永久关闭连接两个世界的传送门。"

---

1. 出自新版《神秘博士》剧集第三季第九集。

"我明白,过去这些年我都是这样过来的。"格里格说,"你可以相信我们。"

"我们?"玛莎问。

就在这时,德福伦匆匆跑进了主厅,"哦,博士、玛莎,很高兴看到你们还在这里。高福跟我说你们准备离开了。"

"我们在这里的工作已经完成了。"博士告诉他,"要知道,我们还得去其他地方,见其他人,拯救其他世界,体验其他生活……"

"可是,银河联盟想当面感谢你们。秘书长正在赶来的路上,同行的还有新任命的泽若玛代表,他急于签署和平协议。看来,奥罗将军算是个不法分子。"

"毫无疑问。"玛莎说。

"既然你认识秘书长……"德福伦继续说。

"是吗?"玛莎惊讶地说。

"是的,我们是可好的朋友了,就像……"博士试着将手指交叉在一起,但没有成功,于是比出了胜利的手势,"就像这样。"然后,他飞快地对德福伦说:"如果没什么事,我们会留下来的,但也不能完全保证。毕竟,我还有很多事情要做,比如修好音速起子。"

德福伦激动地点点头,"太感谢你了,博士。"

"但无论如何,"博士把德福伦拉到一旁,"不要跟秘书长走得太近。我建议你跟泰迪·恩齐特交个朋友,运气好的话,他也许会在年内成为银河联盟的新任秘书长。"

德福伦一脸惊讶地说:"真的吗?但他没什么经验啊。"

"他是一颗冉冉上升的新星,相信我。"博士向他眨了眨眼,然后领着他走向门口。

"刚才那一出是怎么回事?"等博士回来后,玛莎问。

"我本不应该给他提示,"博士说,"但等现任秘书长病了之后,德福伦将会赞助和支持恩齐特竞选秘书长。泰迪是个不错的家伙。"

"你应该把这些写在日记里。"玛莎告诉格里格。

他轻声一笑,"我的日记已经写完了。"他从口袋里掏出玻璃书,看上去比在石板背后找到的时候干净、完好。

"你为什么要把一切都写下来呢?"玛莎说,"为什么不直接告诉我们发生了什么?"

格里格把日记递给博士,"我觉得你应该拿着它。虽然没有包含最新的内容,但我已经预见到它会完成自己的使命。"

"谢谢你。"博士说着,接过了易碎的玻璃书。

格里格转向玛莎,"谁愿意去听一个老头唠叨呢?"他说,"谁会对镜中世界、星际战争和政治阴谋感兴趣呢?"他摇了摇头,灯光照射在破碎的鼻子边缘和脸颊的裂缝上,"可是,如果我写成了故事,也许会有人想知道究竟发生了什么。"

"你一定要回到镜子里吗?"玛莎问。

"这里不再是我的世界,没有我的立足之地了。如果走错一步,如果不小心磕到桌子或者撞到墙上,我可能就死了。"他举起手,上面多了不少裂纹,看上去也更加脆弱了,"我在真实的世界无法存活很久,玻璃碎裂的痛苦也会与日俱增,直到……"他停下来,转过身去。

顺着老人的目光,玛莎看到嘉娜和高福走进了主厅。他们身边还有一个小姑娘,全身布满了蛛网般的细纹。

"高福以为自己要再次失去她了。"当三个人走近的时候,博士说。

"你是指嘉娜?"玛莎说,"还是蒂达?"

"这就是问题所在,没人能够分清她俩。"博士叹了口气,"那天,蒂达狠狠地捉弄了他,于是,他一气之下追着她跑进了花园。可是,他不知道自己追错人了。"

"你说的是在厨房帮忙的那个男孩吗?"玛莎说。

"那个男孩就是高福。他跑出厨房,没有意识到自己追的其实是嘉娜。小姑娘害怕极了,在慌乱之中踩到地雷,死在了花园里。高福一直无法原谅自己,因此特别照顾剩下的那个小姑娘,直到后来得知了真相。"

"可她为什么不告诉他?"

"因为她觉得这一切都是自己的错。如果她不去惹恼高福,嘉娜就不会死。"博士轻声说。

高福看上去一脸疲倦，蒂达的脸颊沾满泪水，玻璃小姑娘则小心翼翼地迈着每一步。

"请你留下来。"蒂达哭着说，"求你了，我不能再失去你了。"

"我是你的镜像，不是嘉娜。"玻璃小姑娘激动地说，声音有些沙哑，"我不能留下来，因为……"

格里格走了过来。"她说得对，我们只能待在镜子里。你们看，她是那么脆弱，能活下来已经很幸运了。"他指着主厅说，"如果留下来，她只会面临痛苦和死亡，可能比我更快失去生命。"

"你就不能做点什么吗？"高福问博士。

他摇摇头，"恐怕已经太迟了。"

"她在镜中的世界反而更安全。"玛莎说。

"万事万物都有属于自己的时空。"博士附和道，"她会回到镜子里，而我们也会回到……一个蓝盒子里。是时候上路了。"他给了高福一个拥抱，"振作起来，小伙子，你会没事的，照顾好蒂达。"

"我会的。"高福努力控制着自己的情绪，嘴唇抿成了一条线。

"你也要照顾好高福。"博士告诉蒂达，然后紧紧抱住了她。

"我会的。"她承诺道，"他是我最好的朋友。"

玛莎跟高福握了握手，又给了蒂达一个拥抱，发现后者全身都在颤抖。

博士转向格里格,"你们该回去了。"他晃了晃日记,"谢了。"

"你知道该如何处理吗,时间旅行者?"格里格问。

"哦,我觉得自己可以处理好。"

"对了,"玛莎说,"你怎么知道我们是时间旅行者?"

高福惊讶地张大了嘴。

博士咧嘴一笑。"其实不难猜出来,真的。"他说,"仔细想想就知道了。"

"再见,博士。"格里格说,"谢谢你。"

"也谢谢你。"博士笑着说,"我们就别握手了。"他对格里格身边的玻璃小姑娘说,"你很勇敢。坚强点,照顾好这位老人家。"

小姑娘点了点头。"再见。"她轻声说,"大家再见了。"

"不要走!"蒂达抽泣道,"别走,请不要离开我。"她跑了过去。

"小心!"玛莎提醒她们。

两个小姑娘面对面站在原地。蒂达张开双臂,小心翼翼地用胳膊环抱自己的镜像,几乎没有碰到她的身体。这是她们所能做到的最接近拥抱的动作。

然后,一群人走到了致命魔镜前面。蒂达、高福、博士和玛莎盯着镜子，里面有一位老人和一个小姑娘正回望着他们。她把手放在镜面上，蒂达也把自己的手放在同样的位置上。她们一动不动，没说一句话，只有眼泪从脸颊上滚落下来。

然后，镜子闪烁了一下，里面的人都消失了。

18

一阵刺耳的摩擦声回荡在绝境城堡的走廊上。

在城堡的另一边,一场盛大的宴会即将开始。安瑟姆国务重臣及绝境城堡的总督肯代尔·潘纳德准备向他的功臣赠送一份礼物,因为后者在第二次攻城战后夺回了绝境城堡。潘纳德将要赠予他一面镜子。

两个机器人将那面镜子挂在主厅尽头的墙上,然后继续做着乏味的工作。它们的职责是维护城堡,负责替换年久失修或在战争中受损的建筑材料。此时此刻,它们正在修缮一堵墙。

"这块石板已经有些时日了,波特。"波尔用金属手在墙上打洞,灰白的粉末纷纷扬扬地落了下来。

"最好把它换掉,波尔。"波特说,"告诉我尺寸,我来切割一块新的石板。"

两个机器人继续工作,一个又高又瘦的男人饶有兴致地看着眼前这一幕。

等波特取下那块磨损的石板后,那个男人大声地说:"要知道，你们很擅长这份工作。"

"我们做过很多次了。"波特告诉他。

"我们是最棒的。"波尔说。

"你是谁？"波特问。

"不会是专门过来检查我们工作效率的吧？"波尔说。

"不。"他把双手插进口袋，走过去查看刚刚在墙上打出的洞，"不是检查工作效率。"

"那么，我们能为你做点什么？"波尔问。

"或者，你打算站在这里妨碍我们工作？"波特说。

"对不起。"那个人立刻往后退了一步。

波特举起刚刚切好的石板，把它对齐墙上的洞。波尔帮忙托着石板，等波特往里推。

那个男人清了清嗓子。

波尔和波特同时停了下来。

"有什么问题吗？"波尔问。

"你想说什么吗？"波特说。

"不，没有，看着很好。"他说，"实际上，应该说是非常出色。不过，我想……"

"嗯？"波特说。

"什么？"波尔问。

那个男人从口袋里掏出一个长方形的东西，看上去像是半透明的塑料或者玻璃制品。"可不可以把这个东西放在石板后面？"他说。

"为什么？"波尔问。

"目的何在？"波特说。

"好吧，我想给一位年轻女士留下深刻的印象。"他透露道，"等再次回到这里时，我会像变魔术一样找到这个东西。"

"从石板后面找出来。"波尔说。

"而且还是我们正要装上去的这块石板。"波特补充道。

"正是这块。"他同意道。

"那你怎么把它取出来呢？"波特问，"要知道，我们是不会让你搞破坏的。"

"对，"波尔说，"这是正经工作，不是什么街头魔术。这块石板将会一直装在这里，直到需要重新更换时再取下来。"

"大概要一百年以后了。"

"石板会渐渐受到侵蚀。"

"所以，我需要一百年后再过来？"那个男人说。

"恐怕是的。"波特告诉他。

"差不多。"波尔同意道。

"好的，没问题。"男人对它们咧嘴一笑，"我会的。"

波尔和波特互相对视一眼，然后同时转向那个男人，后者的脸上挂着满意的微笑。

"你确定?"波尔问。

"当然。"

"真的吗?"波特又问了一遍。

"真的。"

"那玩意儿是玻璃做的吗?"波尔问。

"算是吧。"他告诉它们。

"直接放进去会磨花的。"波特说。

"你可以把它裹起来。"波尔提议道,"切割工具边上有几块布料。"

那个男人用布裹住玻璃盒模样的东西,然后把它小心地放进墙上的洞里。两个机器人重新把石板装了上去。

"谢谢。"

"不客气。"

"没什么。"

"一百年后见了。"那个男人停住脚步,"对了,如果你们可以装作从未见过我,就帮了大忙了。"

"为了给那位年轻女士留下深刻的印象?"波尔问。

"那只是其中一个原因。事实上,我来这里已经算作弊了。"他突然想起什么,"如果你们不拆穿我,我就在银河联盟跟前为你们美言几句。"

"你是银河联盟的人?"波尔惊讶地说。

"我不知道这片星域受他们管辖。"波特说。

"嘘,这是机密!"他告诉它们,"目前,我们一直在寻找可靠的特工。"

"需要我们做些什么?"波尔问。

"你可以信赖我们。"波特向他保证道。

"我相信你们。"他说,"过一段时间,他们会联系你们,然后发送一个特别的代码,虽然不一定用得上。"

"听上去像是为了工作而工作。"波特嘟囔道。

"我们最擅长这个了。"波尔说。

"代码非常重要。"他接着说,"当我需要它的时候,希望你们能大声清楚地喊出代码,明白吗?"

"明白,长官。"波尔和波特异口同声地说。

"呃,"波尔说,"代码是用来做什么的?"

但是,那个男人已经不见了。

过了一会儿,伴随着现实撕裂的声音,一阵微风吹起了地上的灰尘。波特的钻头发出巨大的噪音,盖住了这阵奇怪的响动。因此,波尔和波特并没有注意到发生了什么事。

一百年后,在城堡走廊的一间密室里,一个小姑娘翻来覆去,睡不着觉。

一面镜子挂在床对面的墙上,里面也有一个失眠的小姑娘。

两个人一起翻过身,同时掀开盖着的毯子,走到了镜子前面。她们把手贴在镜面上,掌心相对。

"我很想你。"小姑娘说。

"我知道。"她的镜像回答道,"我也很想你。"

"你一直会在那里,是吗?"

"一直都会。我是镜中的小姑娘。"

她们又一起躺回床上,很快睡着了。到了第二天早上,小姑娘或许会记起昨晚片刻的清醒。

又或许,这一切终究只是一场梦。

致 谢

一如既往,我要感谢很多人对我的帮助和鼓励。其中,我要特别感谢以下几位同事:谢谢史蒂夫·科尔设计出可靠出色的故事结构,谢谢加里·拉塞尔帮助我保持专注和坦诚,谢谢史蒂夫·特赖布让我按时交稿。另外,我还要感谢BBC图书的一贯支持和热忱,尤其是阿尔伯特、卡萝琳、尼克和马修。

当然,我也要特别感谢拉塞尔·T.戴维斯和《神秘博士》的编剧以及制作组,谢谢他们提供了这么棒的设定供我发挥。